ラルーナ文庫

ユキシロ一家の異界の獣たち

鳥舟あや

JN196483

三交社

CONTENTS

Illustration

逆月 酒乱

ユキシロ一家の異界の獣たち

本作品はフィクションです。
実際の人物・団体・事件などにはいっさい関係ありません。

【1】


幸代真生人《ゆきしろまきと》は、大声では自慢できない商売をしている。

表向きは一般人向けの金貸し業だが、そちらは人に任せきりで、本人は専《もっぱ》ら空木組《うつぎ》から回ってきた揉《も》め事や調べ事なんかを細々と片づけるという裏稼業に就いていた。

まぁ、端的に言うならヤクザの下請け、なんでも屋だ。

裏稼業は、マキト本人と、マキトの付き人クロミヤの二人だけで営んでいる。

空木組の本家はマキトの遠縁に当たるから、人使いこそ荒いが、そんなに悪い仕事を回されるわけでもない。ケチな商売だがそこそこ多忙で、ぼちぼち食っていける程度には稼いでいた。

そんなマキトの今日のメシの種は、ここ数年でもっともキナ臭い案件だった。

すこし前、カンパニーと呼ばれる組織と空木組との間で小競り合いが起こった。

この二つ、本来は表立って抗争するような関係ではない。

それどころか、接点そのものがない。

なにせ、この二つの組織は生きている世界が違うからだ。

それでもなぜか、そのカンパニーが空木組のシマを荒らした。

それも、経済ヤクザ顔負けの情報の売買で、だ。カンパニーは、空木組が扱う不動産関連の情報を盗んで売り捌《さば》き、多大なる損失とやらを発生させたらしい。

そこで、マキトへお鉢が回ってきたというわけだ。

マキトがすることは、カンパニーが東京へ運ぶはずだった荷物の横取り。

カンパニーがその荷に大きな関心を寄せていることは分かっていたから、それを横取りすることで面子《メンツ》を潰《つぶ》し、ひと泡吹かせ、さらには多大なる損失を与えることで落とし前をつけさせる……というわけだ。

その為《ため》にマキトは中国大陸の某地方くんだりまで赴いたのだが、これがなかなかに面倒だった。錯綜《さくそう》する情報に翻弄《ほんろう》され、あちこちの都市をぐるぐると巡り、電車を乗り継ぎ、現地購入したオンボロ車に揺られ、最終的に辿《たど》り着いたのがロシアとの国境近くにある辺《へん》鄙《ぴ》な村で、わりと気の長いマキトもさすがに苛立《いらだ》ちを覚えるほどだった。

「カンパニーが隠し持ってる倉庫っていうんは……ここみたいですね」

部下のクロミヤが、携帯電話のライトを点《つ》けて奥へ入る。

「気をつけろよ」

マキトは煙草《たばこ》に火を点け、そのついでにオイルライターで周囲を見渡す。

湿気て、埃《ほこり》っぽくて、真っ暗だ。足もとにはロシア産と中国産の安煙草の吸い殻、それから、カンパニーの連中が好んで吸う紙巻き煙草がごったになって捨てられていた。

「マキさん、すんません！　こっちお願いします！」

クロミヤがなにか見つけたらしい。

携帯電話のライトに照らされた赤毛を目当てに進むと、背の高いクロミヤの背後に木製のコンテナが積み上げられていた。この荷物の中身が、拳銃や麻薬、ロシアや欧米諸国へ流される骨董品《こっとうひん》なら御の字だ。空木組も喜ぶ。

だが、もし、物品以外のアレだった場合は……面倒だ。

「おーう、今回はどっちだ？」

「大体は骨董品ですね。……よいしょっとぉ！」

クロミヤは、釘打《くぎう》ちされた木箱の蓋《ふた》を手持ちのバールで抉《こ》じ開ける。

箱の中身は、どれもこれも骨董品だ。それも、値の張る物ばかりで、壺《つぼ》や花瓶といった大物ではなく、細かな装飾品が多い。持ち運びしやすいのはありがたいことだ。

「物品で助かった。大陸の人外さんはどうにもタチが悪いような気がしてなぁ……相性が良くねぇんだよ……」

「……あ、すんません、マキさん」

「おう、なんだぁ？」

「……………化けモンのほうです」

「……あーぁあ、こりゃまた……大モンの上モンの化けモンだ」

「鳥の羽根でできた耳に、動物の尻尾《しっぽ》？　……それと、なんか花の匂《にお》いみたいな……」

「あー……まぁ、そうだよなぁ……カンパニー関連だもんなぁ……単なる骨董品で済むわけねぇよなぁ」

クロミヤと並んで、マキトはそれを眺める。

積み上げた木箱の奥に隠すようにして、鉄製の檻《おり》が置かれていた。

ところで、こういう商売をしていると、時々、突拍子もないモノと出くわす時がある。

その木箱に入っているのが、人間やワシントン条約に引っかかる生き物ならまだいいほうで、どこかの国やお役所が絡む程度のものなら、許容範囲。

だが、稀《まれ》に、こういうモノが入っている時もあるから、この仕事は厄介だ。

そこで話は戻るが、空木組は九割九分九厘が純粋な人間で構成されたヤクザの集団だが、カンパニーというのは人間以外で構成された組織である。

カンパニーを構成するのは、人間以外の存在。人外や化け物と呼ばれる生き物だ。

だから、この二つは生きる世界が違うから、普段は接点がない。

カンパニーの行動理念や活動理由は、人間には理解できない。

マキトの知る限り、彼らは、なんでもする。

人間狩り、同族殺し、骨董品や美術品の蒐集《しゅうしゅう》、猟奇的行為、非人道的行為、ありとあらゆる世界についての情報収集……彼らは、彼らの行動理念に基づいて生きている。

ただ、ありがたいことに全員が全員そうした過激派というわけでもなく、人間社会との共存を望む者もいるし、人間に混じって人間のように生活する者もいるし、時には、人間を助ける者さえ存在する。

そもそも彼らはその絶対数が少なく、マキトも、この三十五年の人生で人外を見たのはたったの二度ほどだ。

普通の生活をしている人間なら、一生お目にかかることはないだろう。

彼らは、この世界では一般的ではない。けれども、その存在を知っている者は知っているし、善良な人間は彼らとの共存を望むし、権力のある人間は彼らに執着するし、意志の弱い人間は彼らをまるで神様のように崇《あが》めるし、支配欲や恐怖心を抱く人間は彼らを従属させ、道具として扱おうとする。

彼らを下にも置かぬ扱いとするならまだいいが、……なかには、ヤクザの端くれのマキトも舌を巻くような残虐な扱いをする輩《やから》もまた存在する。

だから、人間と人外は、あまり接点を持たずに、でも、同じ世界で生きている。

ところで、マキトの仕事はヤクザの始末屋ではあるが、科学と暴力と金銭ではどうにもできないことを処理する胡散臭《うさんくさ》い商売でもある。

オカルト専門ではない。時々、そういう説明のつかない案件もなんとか頑張って処理することがある、という程度のものだ。

世の中にはそれを専門に扱う奴らもいるが、マキトの場合は、あくまでも、顧客の性質上、断れない仕事が多いのでなんでもかんでも引き受けているというだけだ。

クロミヤはそれを、「さすがマキトさん！　応用力と順応力があって、心が広いからですね！」と手放しで誉《ほ》めてくれるが、二十歳《はたち》の青年にキラキラとした尊敬の眼差《まなざ》しを向けられても、三十五歳のおっさんは眩《まぶ》しいだけだ。

この歳《とし》になると、一年一年を何事もなく平穏無事に過ごせることが一番ありがたい。

「クロミヤ、檻んなかに手ぇ突っこむなよ」

鉄の檻は、収容物を隠す為にか、外側を木板で囲われていた。それを内側から叩《たた》き壊したのか、それとも蹴《け》り壊したのか、木板は木っ端《こっぱ》微塵《みじん》になって、床に散っている。

クロミヤが檻の奥へライトを向けると、なにかがもぞりと蠢《うごめ》いた。

獣だ。

糞尿も餌《えさ》もなにもかも一緒くたに放置された四角い箱のなかに、獣が二匹いた。

その二匹は、クロミヤとマキトの存在に気づいているようで、お互いを庇《かば》うように牙《きば》を剝《む》いている。暗がりに隠れ潜んでいて姿形はよく見えないが、蜥蜴《とかげ》と狼《おおかみ》の混ざったような奇妙な尻尾がマキトの足もとまで伸びていた。

えらく痛めつけられたようで、その尻尾は鱗《うろこ》を剝《は》がれ、毛皮を毟《むし》られ、肉を抉《えぐ》られ、傷口が化膿《かのう》して腐臭が漂っている。

「クロミヤ、ちょっとライト絞れ。それから、お前なんか食いもん持ってるか？」

「えー……っと、飴《あめ》とチョコバーくらいしかありませんけど、どうぞ」

クロミヤは持っていた食料をすべてマキトに渡した。

マキトは、封を切ったそれを檻の近くへ置いてみる。

だが、二匹の獣はぐるぐる唸《うな》るばかりで近寄ってこない。

「犬ですかね？　……ぶっ壊しますか？」

「おう、やっちまえ。……おい、お前ら、そこから出してやるから、一番奥まで行ってろ。動くなよ。それから、ちょっとうるさいから耳塞《ふさ》いで、目ぇ閉じとけ」

獣たちに声をかけ、マキトが許可すると、クロミヤは、「マキさんもちょっと離れといてくださいね」と断り、拳銃を構えた。

一発目は、本来の目的とはまったく見当外れの場所を撃ち、材質や跳弾を見る。

銃弾が檻にめりこむのを確認すると、二発目と三発目は檻の溶接部分を狙《ねら》って撃つ。

鉄柵《てっさく》がぐらつき始めると、クロミヤはマキトに拳銃を預け、バールを振りかざした。

何度かそれを打ちつけて、金属を弱らせてから柵にバールを引っかけ、テコの原理で力を加える。

柵の中は空洞で、腐食していた。

クロミヤは脆《もろ》くなった柵の溶接部分を摑《つか》んで力任せに揺すり、ガタついてきたところを思い切り蹴りつけて、二本ばかしへし折った。

「マキさん、お待たせしました！」

「よくやった。……おーい、お前ら、出てこい」

「チョコバーなんかで出てきますかね。……あ、マキさん危ないですよ。俺やりますから下がってくださ……ぁーぁあ……」

マキトの隣にクロミヤがしゃがんだ瞬間、しゅっ！　と植物の蔓《つる》が伸びてチョコバーを掠《かす》め取った。

枯れた植物の色をしたそれは、チョコバーが潰れるほど摑んだまま、ぐにゅりとうねって暗がりへ引っこむ。引っこむなり、ぺちゃぺちゃ、がりがり、がしゃがしゃ。咀嚼《そしゃく》音とともに、チョコとナッツの甘い匂いが漂った。

「袋ごと食ってますね……」

「おーい、飴もあるぞー」

マキトが掌《てのひら》に飴を乗せて呼びかけると、またさっきの蔓が伸びてきた。

……が、マキトはその手をひょいと自分のほうへ引き寄せた。

枯れた蔓の先端は空を掻《か》き、飴玉を探してうろうろしている。

「ほら、こっちだ、こっち」

また掌を出して蔓を誘《おび》き寄せ、すこしずつ足を後ろに引く。

蔓が伸びてきたら手を引いて、蔓がもっと伸びてきたらまた手を出して、そこめがけて蔓が伸びてきたらまた引いて……、すこしずつ後ろへ下がって、蔓が伸びてきたら手を引いて……と繰り返すと、青緑の肌をした生き物が暗がりから這《は》い出てきた。

人外だ。

それも、まだ若い人外。

ヒトの形をしているけれど、ヒトじゃない。

髪の色は、黄緑色や、枯草色や、萌黄《もえぎ》色や、緑色といった、いろんな植物の色が混ざった髪で、床に引きずるぐらい長く、人間ではありえないほど一本一本が滑らかで、葉脈のように繊細で、宝石のように輝く。きらりと光る瞳《ひとみ》は、千歳緑《せんざいみどり》の色をした瞳孔《どうこう》と虹彩《こうさい》で、白目にあたる部分は目の周りの皮膚の向こう側に隠れて見えない。

視野が狭く、視力も弱いようで、声や光のする方向を目指して両腕でずるりと地面を這う。筋力も衰えているのかして、両脚をずるりと引きずり、両腕の付け根や背中近くから生える無数の触手、尻尾に見えた根茎らしきもので自らの体を支えている。

肌が青く見えたのは、植物の根茎や葉脈標本にも似た血管や神経が、人間のそれと同じように全身の皮膚の下に走っているからだ。

元来、この生き物そのものの肌の色は真っ白なのだろう。

産毛も透明に近い。

マキトとクロミヤが見惚《みと》れていると、その緑色の生き物は、マキトの手から飴玉を奪おうと背中の触手を伸ばした。

マキトはその触手を掴み、「どっこいしょ」とジジ臭いかけ声で思い切り引っ張った。

「お、わりと重い……」

「手伝います！」

クロミヤがマキトの腰のベルトを掴んで手伝う。

大きな蕪《かぶ》さながらの様相で、緑色の人外を引っ張り出す。

そうしたら、思いがけず、緑色の生き物にくっついて茶色の生き物も檻から出てきた。

こっちは肌が褐色で、体の一部を毛皮が覆っている。ヒトの形をしているが、動物っぽい見た目だ。爪《つめ》も尖《とが》っていて、顔の側面から側頭部にかけて三角に尖った耳がある。鳥の羽を幾重にも重ねたような、ふわふわの耳だ。

髪は、茶色や赤に金が混じっていて、まるで毛皮だ。それも、上等の毛皮。いまは泥土と血で汚れているが、襟足の短い髪はさりさりして触り心地が良さそうに見えた。

こちらの褐色は、緑色のほうよりももっと弱っているのかして、毛皮や肌と同化しそうなほど似通った色合いの瞳が、どろりと淀《よど》んでいる。

痩《や》せ衰えてはいるが、もとはしなやかな筋肉がついていたであろう背中や、腕や、足、腹筋、至るところに殴打痕《おうだこん》やナイフかなにかで傷つけられた痕《あと》があった。

犬歯や牙も欠けていて、ふさふさのはずの尻尾も、ぐったりと力ない。

二匹ともヒト型の獣だが、緑色のほうは枯れ木みたいに頼りなく、褐色のほうは剝製《はくせい》にされた毛皮の失敗作みたいにみすぼらしい。

「人外さんですね……どこの世界から来よったんでしょ？」

「さぁなぁ……いま、こっちの世界と確実に繫《つな》がってんのは、……確か、トライロキアか、限定戦争の界隈《かいわい》、……あとはほら、信太村《しのだむら》だのイヅヌ島だのといった神界や異界くらいのもんだろ……おーう、お前ら、どこから来た？」

マキトが一歩近寄った瞬間、褐色の獣がマキトに飛びかかった。

それを、クロミヤが横から蹴り飛ばす。

左へ蹴飛ばされた褐色は、木箱にぶつかり、ぎゃん！　と獣じみた悲鳴を上げた。

「マキさん、お怪我《けが》はっ⁉」

「ないない。ごくろうさん」

「あざス！」

クロミヤは軽く跳躍して、褐色と緑色の両方を警戒しながら、いつでも、どちらにでも攻撃できる体勢をとる。

緑色のほうは喉《のど》も嗄《か》れているのか、声もなく、歯を食いしばり、クロミヤやマキトには見向きもせず、触手を使って褐色のもとへ這い寄ろうとしている。

「さて、どうしたもんかなぁ……」

「これもいちおう落とし前の一部なんですよね」

「だなぁ……。これ、俺の一存で置いてくわけにもいかんしなぁ……よし、とりあえずまぁ連れていくか」

「外で待たせてる運び屋に任せますか？」

「いや、こいつらだけは俺らで運ぶ。……あとあれだ、……いちおう六舎会《ろくしゃかい》と空木組、それから廣寒幇《ヴァンハンバン》のロウに電話繋いでくれ。通す筋だけ通しとくわ」

「了解です」

「あー……面倒だなぁ……生き物は持って帰るの面倒なんだよなぁ……、ワシントン条約とかひっかかんのかなぁ」

「人外は条約の対象外やから、大丈夫とちゃいますか」

右に褐色、左に緑色を抱えて、クロミヤは答える。

「んじゃま、日本に帰るか」

よっこいしょ、とまたジジ臭いかけ声で立ち上がると、マキトはフィルター近くまで焼けていた煙草を揉み消した。

＊

上海《シャンハイ》に停泊中の豪華客船の船舶名は、カエキリア号という。

この船、船籍こそギリシャだが、オーナーはロウという男で、チャイニーズマフィアだ。

空木組とはそんなに仲が悪くないし、見返りさえ渡せば、多少の融通をきかせてくれる。

これから、この船に乗って日本へ帰る。

ドーユとショクは、クロミヤという青年からそんな説明を受けた。

鉄の檻から連れ出された、その日のことだ。

マキトと名乗る渋い顔の男前に、「おーう、お前ら、静かに、暴れないようにな。そしたらメシと風呂《ふろ》と寝床は保証してやる」と言われて、クロミヤと呼ばれている青年に手足の枷《かせ》を外してもらい、車に乗せられた。

どれほどかは分からないが、ガタゴト揺られて移動するうちに眠ってしまい、気づいた時には、ここへ運ばれていた。

たぷたぷ、どぷとぷ。船腹に寄せる波の音で、目を醒《さ》ました。

ドーユは部屋の隅でじっと蹲《うずくま》り、眠っているフリをした。

懐にショクの体を抱えて、クロミヤとマキトの様子を観察した。

観察していたのに、疲労と空腹には耐えられず、眠気にすら抗《あらが》えない。なのに、どこか殺気立っていて深い眠りに落ちることもできず、ぼんやりと頭に靄《もや》がかかったような意識で、見たこともない小さななにかに向けて話しかけているマキトの声に聞き入った。

マキトの声は、低くて、穏やかで、のんびりと鷹揚《おうよう》な声色だ。

すごく、耳に心地良い。

「目ぇ醒めはりました？」

「……！」

「どないしたんですか？　褐色さん、大丈夫です？　……俺の喋《しゃべ》ってる言葉、分かります？　……あ、っつい！」

ドーユの目前にしゃがみこんだクロミヤが叫び声を上げた。

「どうした？」

「すんません、ちょっとスープこぼしました。大丈夫です、電話続けてください」

クロミヤは、マキトの声にそう返事をする。

「うー!!」

ドーユはクロミヤにのしかかり、その腕にがぷっと噛《か》みついた。

「……すんません、あの、びっくりさせてスンマセン……悪いことも痛いこともせぇへんので、離してください……褐色さん、あの、大丈夫ですか？　火傷《やけど》してないです？」

「……ぅー…………ゥ？」

「せやから、火傷？　スープあちちやったでしょ？　大丈夫？」

「ぅー…………ぅン」

クロミヤに尋ねられて、ドーユはこくんと小さく頷《うなず》いた。

このクロミヤという男、あったかいスープがドーユにかかりそうになったのを、自分の背で受けて庇ってくれたらしい。

ドーユが、大丈夫という意味をこめて頷くと、クロミヤは、「ほな良かったです」と目つきの悪い顔ではにかみ、「もう一個のスープとメシは無事なんで、こっち先に食べてくださいね。……ほんで、これが水、水です。飲んで大丈夫です。毒とちゃいますからね。こわがらんとってください。脱水症状こわいから、ちょびっとずつ飲んで……あかん？　こわい？　……ほな、先に俺が飲みますから……ね？　大丈夫でしょ？」と、ドーユに腕を噛ませたまま水を飲んでみせ、床に置いた食事の安全性を説く。

「…………ドー、ユ……」

「ショク！」

ほとんど意識のなかったショクに名を呼ばれて、ドーユはクロミヤから牙を放した。

「……みズ」

「水カ！　水だナ!?　おみズ！」

クロミヤが持ってきたカラフェを鷲掴《わしづか》み、そこにたっぷりと入っている水を、ばちゃ！とショクの顔めがけて逆さまにする。

「あー……絨毯《じゅうたん》が……」

クロミヤがそんな溜《た》め息《いき》をつく間にも、頭から水を浴びたショクの頬《ほお》には張りと艶《つや》が戻り、しなびて枯れて見えた肌にも瑞々《みずみず》しさが戻っていく。

「おイ！　人間！　そこな赤毛！」

「はい！　なんでしょ!?」

「水ダ！　もっと寄越セ！　足りなイ！　ドーユの大事なショクが死んじゃウ！」

「水すか！　水ですね!?　ちょい待っててください！」

「おい、クロミヤ、電話終わったから茶色のほうの相手は替わってやる。お前は、その緑色のほうを水風呂にでも入れてやれ」

「はい！」

「ついでにお前も背中冷やしてこい」

電話を終えたマキトが、クロミヤと場所を変わった。

「ショクをどこへ連れていク！」

「水風呂です。いっぱい水あります。ほら、この部屋の隣です。お風呂場の扉も開けときますから、ちゃんとどこにおりはるか見えますよ。このベッドに乗ったら、バスルームも見れます。大丈夫です……っても無理ですね……よいしょっと……」

クロミヤは、右の小脇《こわき》にドーユを、左の小脇にショクを抱えてバスルームへ向かうと、ドーユの目の前でバスタブに水を張った。

水差しに入れた水程度では、ショクは元気を取り戻せない。

ぐったりとしたショクが沈んで溺《おぼ》れないように、クロミヤは先に自分がバスタブに入ると、その懐にショクを抱えて肩まで水に浸《つ》からせた。

「ね？　大丈夫でしょ？」

「んー……？　ぅー…………ぅン」

「じゃあ、お前はこっちだ」

「っ！　コラ！　人間！　ドーユの襟首を掴むナ！　ドーユは猫ちゃんじゃなイ！」

マキトに襟首を掴まれたドーユは、バスルームから連れ出され、ベッドにぽんと放り投げられる。ドーユが腹筋を使って上体を起こすと、そこは、ちょっと首を伸ばせばバスルームのショクを見守れる特等席だった。

「褐色さんよ、ようやっとお目醒めなんだ、ちょいと話をさせてくれや」

「……ぅー…………」

「俺はユキシロマキトって名前で、あっちはクロミヤサネモトっていうんだ。よろしくな。……で、お前はドーユで、あっちのはショク、それで間違いないか？」

「ドーユはドーユジェント、森国《しん》は王の左手領が首長。あちらのショクはショクソジェント、同じく森国は王の右手領が首長。見た目はまったく違うがドーユとショクは双子ダ」

「えらくやんごとなき肩書きだな」

「いかにモ、やんごとなき身分ダ」

「素直に教えてくれるんだな」

「名乗りを上げた者二、名乗りを返さぬのは礼を欠く行いダ」

ドーユもショクも、礼儀は重んじる。

マキトとクロミヤは名乗った。名乗り返さぬのは失礼だ。

それに、この二人はそんなに悪い者ではない気もする。

だって、ドーユとショクに触れたり、なにかする前には、必ず、「鎖を外しますよ」「ご飯ですよ」「いまから日本へ行くんだ」と説明をしてから、行動に移してくれる。

たったそれだけのことでも、この二人が多少なりとも自分たちに敬意を払ってくれているのだと分かる。

「話のまともに通じる人外ってのも珍しいな。……お前ら、どこかで人間と接したことがあるのか……？　なぁ、ちょっといくつか質問していいか？」

「いいだろウ……貴様らはドーユとショクを助けてくれタ」

「話が早くて助かる。……お前ら、自分たちがどこから来たか分かるか？」

「分からン。たくさん寝テ、目が醒めたらここにいタ」

「お前たちの住んでる場所や、国や、大陸や、世界に名前はあるか？」

「住んでいるのは森国の王の左手領と右手領ダ。住んでいる世界に名などないガ、ロクはトライロキアと呼んでいタ」

「お前らトライロキア産か……貴重だな。じゃあ、お前らが来たのは中界だ。分かるか？上中下って三層構造の真ん中の世界だ。……よし、次の質問な。……ロクって誰《だれ》だ？」

「ロクマリア。金色の竜。ドーユとショクの友達。トライロキアの唯一にして絶対の竜。三界のすべてを支配する竜」

「……はー……竜が支配するトライロキアっていつの時代だ……」

「知らン。ドーユたち神族は、時代という概念を持って生きていなイ。それニ、いろいろと思い出そうにモ、なんだかよく思い出せなイ……」

まるで寝起きのような感覚で、頭も心もぼんやりして、記憶が曖昧《あいまい》だ。

「お前らが思い出せないなら俺にも分からんしなぁ……。でもまぁ、トライロキア系列って分かっただけマシか……しかしながら、あの世界は情報に乏しいから、俺もよく分かんねぇんだよなぁ……」

マキトはがしがしと頭を掻いて、新しい煙草に手を伸ばし、やめた。

マキトが煙草を喫《す》うと、寝ている時でもドーユとショクが咳《せ》きこんでいたのを思い出す。

「お前らに時代の概念はなくても、分かることもあるだろ？　たとえば、ほら、自分の家への帰り方とかはどうだ？」

「分からなイ…………家は、……森と、川と、山と……ご近所に金色の竜が住んでいタ」

「まぁ、地名や住所、なんでもいいから思い出せたら教えてくれ。お前らみたいに、別の世界から来た奴は……」

「……マキト、貴様、いマ、……別の世界から来た奴、と言ったナ？」

「あぁ、言った。……うん、たまにな、お前らみたいな生き物がこっちの世界に来るんだよ。本当の、本当に、たまの、たまにだけどな。……さて、病院はどうするかな。怪我の具合はどうだ？　医者は必要か？」

闇《やみ》医者や大病院にはいくらでもツテがある。だが、できるなら、こういう生き物を専門に取り扱う病院へ連れていきたい。それも、政府の息がかかっていない病院だ。

政府関連の医療機関にかかれば、ドーユやショクは国に回収される。

それに、重篤な症状でない限り、あぁいう場所へ連れていくべきではない。こういった生き物を取り扱う特定の病院というのは、病院というより研究施設なのだ。

それ以前に、これは空木組が回収する落とし前の一部であって、マキトの一存ではどうこうできない。

「この世界にはドーユたち以外にもいろんな生き物が存在するのカ」

「あぁ、存在する。お前らは人間と違って種類が多くて、個々の特性もなかなか把握できないから、俺たちは、お前らのことを簡単に、ヒト以外って意味で、人外と呼んでる」

マキトは、過去に数度、こういう生き物を見たことがある。

一度目にそれにお目にかかったのは何年も前。その生き物は、空木組とも関係のある、とある五人組に守られていて、泣いてばかりの生き物だった。

二度目はまた別の生き物で、人間に混じって楽しく生活しながら人間を不幸にすることを趣味とするような、お近づきになりたくない種類だった。

まるで性格の違うように見えた二匹だが、その、どちらにも共通していることがあった。

それは、人間に大切な人を奪われ、人間をひどく恨み、憎んでいるということだ。

そして、彼ら自身もまた、彼らが奪われたものと同じか、それ以上の苦しみを人間によって与えられていた。

つまり、この世界においてドーユたちのような生き物は、金持ちの自慢の道具にされたり、慰み者にされたり、丈夫な体や特殊な能力を酷使させられて武器の代替品にされたり、実験道具にされたり……、不幸な目に遭うことが多いということだ。

だが、その逆もまたある。彼らは、人外特有の特殊技能や、なんらかの方面に特化した身体能力や頭脳を駆使して人間に悪さを働く。

得てして彼らは、人間に好意的ではない。

それは、人外たちに対する人間の所業の結果だ。

こういったことは、限られた人間だけが知り得る事情だが、マキトやクロミヤはそれらと縁があるようで、普通の人間よりは人外に免疫もあり、ドーユとショクを見てもさして驚きはなしなかった。

だからこそ、こんな稼業を続けていられるのだろうが……。

「マキトたちハ、ドーユやショクよりドーユやショクの世界について詳しいようダ」

「そんなに詳しくもねぇよ。ほんのちょっと分かるって程度で……」

「見た目が違うから、ドーユたちを人外と判断できるのカ？」

ドーユは大きな耳をぴこぴこ前に傾けて、尻尾でたしたしベッドを叩く。

「いや、見た目じゃない。人間そっくりの人外もいるからな。お前らは根本的に存在そのものが異質なんだよ。雰囲気も、存在感も、生きてる世界も、常識も、思考回路も、行動理念も、寿命も、脳の構造も、体の構成も、なにもかも」

マキトがそう答えた時、バスルームからクロミヤが出てきた。

「マキさん、ドーユさん、……ショクさんが目ぇ醒ましました……っと、ぉお!?」

バスタオルに巻いたショクをお姫様だっこして、クロミヤがバスルームから出てきた。

「ショク……！」

ドーユが四つ脚でベッドを跳ね、クロミヤに飛びかかった。

床に尻餅《しりもち》をついたクロミヤをショクごと押し倒し、ほっぺたをぺろぺろ、ぺろぺろ。ショクを助けてくれたクロミヤはいい子だから、お礼の毛繕い責めだ。

「……おみズ、いっぱイ、おいしかっタ……」

ショクは、バスタブ七杯分の水を吸い上げ、すっかり元気になった。

元気になっても、どこかゆったりとした喋り方のショクは、自分の両腕を植物の蔓に変え、ねたねたと粘液の滴るそれでクロミヤの髪やら顔やらを撫《な》でまくる。

「ぶっ……はっ……ちょ、ドーユさん！　毛皮！　尻尾、口に入る！　口んなかまで舐《な》めんとってください……っ！　ショクさんも！　ねたねたすごい！　それ控えてください！　うわっ、ちょっ……変なとこ触ったらあきませんっ……っちょ、二人とも重い!!」

「…………人外だなぁ」

二匹に乗っかられたクロミヤを眺めながら、マキトはしみじみとそう呟《つぶや》く。

当の二匹は、クロミヤを玩具《おもちゃ》と判断したのか、はたまた自分たちよりも格下だと判断したのか、それともドーユとショクに優しい子だと判断したのか、「クロミヤ！　ドーユにお肉！」「クロミヤ、ショクにお花の蜜《みつ》」と食事の支度をしろと命令している。

「……なぁ、ドーユにショクよ」

「なんダ、マキト？」

「お前らの最終目的を聞いていいか？」

「元の世界に戻りたイ」

ドーユとショクはほんの一瞬の躊躇《ためら》いも見せず、明確な意思を示した。

「……分かった。だが、お前らの希望を知ったというだけで、俺の一存ではお前らの処遇どうこうについては返答できない」

「そうなのカ？」

「俺は、俺の王様からの命令で動いてんだよ」

「なるほド。王の命令は絶対だからナ」

「宮仕えの身分ならバ、それもまた致し方あるまイ」

ドーユとショクは、マキトのその説明で納得した。

主従というのは、時には親兄弟よりも強固な結束となる。ドーユとショクも、そういう実力主義かつ王権主義の縦社会で生きてきたからよく分かった。

「俺としては、できるだけお前らの意に添うてやりたいと考えている。……だがまぁ期待してくれるなよ」

マキトは、目尻に皺《しわ》を寄せて笑った。

「鷹揚な男ダ」

「頼もしイ」

ドーユとショクは顔を見合わせ、大きく頷く。

このマキトという男、立派な図体《ずうたい》に見合った、立派な性根の持ち主だ。

困っている者を見捨てない、立派な気概の持ち主だ。

「クロミヤ、ちょっと二人を任せるぞ。外で煙草喫ってくる。ドーユ、ショク、クロミヤが世話するから、あまり遊ばずに言うことを聞いてやってくれ」

三人に断りを入れて、マキトは携帯電話と煙草を片手に部屋から出た。

「えぇ……、いまさっき押し倒されて触手でぐにゃぐにゃされたんですよ、俺……」

クロミヤは顔にへばりついた粘液を手の甲で拭《ぬぐ》い、渋々ながらも、マキトの命令には背けず、二人の為に食事の支度を始めた。

部屋付きのミニキッチンで料理を温め直し、ベッドでぽよぽよ跳ねる二人の前に運ぶ。

「ドーユさん、ショクさん、跳ねんとってください、おつむ、天井にごっちんしてしまいます。……ほら、ご飯です。跳ねたらこぼれます」

「……クロミヤ、マキトはさっき誰と話していタ？」

「……？」

「あの小さいやツ、お前が電話と言っていたやつダ」

「あぁ。仕事の電話ですわ。移動が船になってしもたんで、その連絡です」

「……船。ドーユたちの乗っているこれだナ？」

「そうですよ。……マキさんが、お二人の為にそうしてくれはったんです」

マキト曰《いわ》く、「あの二人じゃ飛行機には乗せられんし、さすがに貨物扱いは可哀想《かわいそう》だろ。船便で送るってのもなぁ……ただでさえ、いままであの狭いコンテナにぶちこまれてたんだから、そういうのはもうやめといてやろうや」と言って、ツテを使ってロウと連絡を取り、このクルーズ船の特等室を用立ててもらった。

「わりと危ない橋渡りはったんですから、あとで、ありがとうて言うてあげてくださいね」

「……マキトは悪い奴ではないのだナ」

「えぇお人ですから、絶対にお二人のことも悪いようにはしませんよ」

「クロミヤハ？　ドーユとショクのこと嫌いカ？」

「マキトとは違う考えカ？」

「俺はマキさんの決定に従って、マキさんの考える通りに動きます。ドーユさんとショクさんのことは嫌いとちゃいますし……それに、マキさんに頼まれたんですから、精一杯お世話させてもらいます」

「自分の意志はないのカ」

「……見ろ、ドーユ。この従順そうな面構えヲ……」

「なさそうだナ」

「なさそうダ」

ドーユとショクは顔を見合わせ、すこし困り顔のクロミヤを見て、それから、もう一度顔を見合わせて、「だが顔面は好みダ」「満更でもなイ」「マキトもオス臭い顔で良いと思ウ」「ドーユもそう思うカ、実はショクもダ」と深く頷き合っていた。

「……？　ドーユさん、ショクさん、なんやごちゃごちゃ言うてんと、腹の音がえらいうるそう鳴ってますから、早《は》よご飯食べてください」

クロミヤは二人の前に料理の乗った皿を差し出す。

「……ごはン」

「…………食事ダ……」

二匹はじゅるりとよだれを啜《すす》る。

だが、二匹ともずっと手を繋いだまま寄り添い、食事には手をつけない。

クロミヤが気を利かして、スプーンやフォーク、お箸《はし》を用意したが、そういう問題ではない。「手で食べる習慣ですか？」と問われて、二人は頷きこそするが、食べはしない。

「……大丈夫ですよ、なんも毒やら入ってません」

クロミヤはすぐに察して、そう補足した。

ドーユとショクが閉じこめられていた檻に転がっていた食べ物。

あぁいう食事には、人外を無力化したり、無気力にしたり、従順にする薬物を混ぜこんであったりするし、残飯や腐った食べ物を与えることが多い。

食事がしたいと言ったのはドーユとショクだが、いやな記憶もやっぱりあるのだろう。

「……あの、ほら、美味《おい》しいですよ……先に俺が食べますから、見ててくださいね？」

クロミヤは、まず自分で食事を手に取って食べてみせた。

毒は入ってないし、安全だよ、とアピールして、それを二人に食べてもらおうとした。

けれど、二人は食べない。

二人とも、いつから食べていないのか分からないくらい瘦せているし、腹がずっとぎゅるぎゅる鳴って、よだれもだらだらしていて、四つの眼は肉や果物に釘づけなのに、食べない。せめてスープや果汁くらいは飲んで欲しいけれど、飲まない。

「……どなんしたもんかなぁ」

クロミヤは、生き物を育てるのが下手なのだ。

上手に食べ物を与える方法を知らない。

「このスープ、厨房《ちゅうぼう》の人が作ってくれたやつで、すごい美味しいんですよ……枝豆って知ってます？　大豆なんですけどね、あったかいのも、冷たいのも美味しいんですよ」

ほとほと困り果てたクロミヤは、スープ皿に口をつけて直《じか》に啜った。

裏漉《うらご》しされて、とろりとまろやかで、こくのあるわりにくどくなくて、喉越しもよい。

こくこくと喉を鳴らしてぜんぶ飲み干してしまいそうになる。

これが功を奏したのか、ドーユがごくんと唾《つば》を飲む音がクロミヤの耳にまで届いた。

「……ほんま、これ、ものすごい美味しいんですけ……ど、おっ……ぉお!?」

空腹を我慢できなくなったドーユがクロミヤに飛びつき、ベッドへ押し倒した。

ドーユは一心不乱にクロミヤの唇を濡《ぬ》らすスープを舐め始める。

「……ドーユ、どウ？」

「うまイ！　ショク！　おいデ！　うまイ！」

「うわ、ちょ……あきませんて！　二人がかりで俺を舐めんとってください……俺やのうてお皿のほうにぎょうさん残ってるやないですか。なんでそっち食いはらへんのですか」

「これがいイ！」

「こっちがおいしイ！」

ドーユとショクは二人して、ぺろぺろぺしゃぺしゃクロミヤの顔を舐める。

それで、クロミヤはようやく「あぁ、この子たちは自分でご飯を食べるよりも、口からご飯をもらうほうが安心するのか」と気づいた。

「……よし、分かりました。ほな、……ドーユさん、ショクさん、ちょっとぺろぺろやめる。やめっ……やめなさい……あきません、じゅるじゅる頰《ほ》っぺた吸わない、痛い」

クロミヤはドーユとショクを引っぺがし、目の前に座らせた。

「……くろみや、どーゆ、おなかすいタ」

「くろみや、しょく、おなかぎゅうぎゅウ」

「わっ、わか……分かりました、分かりましたから……そんなでっかい目でこっちをじっと見て、うるうるせんとってください。……ほら、こないしたらえぇんでしょ？」

クロミヤは肉の塊を犬歯で嚙み切り、それを口移しでドーユの口に含ませた。

間髪入れず、体温の高い、ふにゅりとやわからい唇が触れる。獣じみた牙もかつんと触れて、クロミヤよりも肉厚の舌がクロミヤの舌ごと肉をさらっていく。

ドーユはがばりと開く大きな口を持っていて、麝香《じゃこう》みたいな獣じみた匂いがする。肉汁と唾液《だえき》にその体臭が重なると、クロミヤの食欲までそそられて、きゅうと胃が動いた。

ドーユの体液は、ひどく肉感的で、官能的だ。

「……はい、ショクさんも、あーんしてくださいね～」

こうなればもうやけくそだ。

クロミヤは桃をがぶりと齧《かじ》り、それをそのままショクの唇に押し当てる。

ショクの唇は薄く、柔らかく、体温が低い。薄い舌はまるで薔薇《ばら》の花びらを舌に乗せたような感触で、猫や薔薇の棘《とげ》に似た突起物が立っている。

唾液も甘く薫り、クロミヤの顎《あご》を伝う果汁をその長い舌でべろりと舐め上げられると、ちくりと甘い痛みが拡《ひろ》がり、ぞくぞくと背筋を這うものがあった。

ショクの体液は、ひどく香しく、淫靡《いんび》だ。

二匹の獣は、餌を催促するようにクロミヤの唇を甘嚙みして、がじがじ齧る。

「あ」

肉を食べ終わったドーユは、大きな口をかぱっと開いて、次のご飯を待ち構えている。

「ぁー」

果肉で頬をべたべたにしたショクも、見た目より大きな口を開いて待ち構えている。

「じゅんばんこっこですからね」

クロミヤは、二匹に交互にご飯を与えた。

二匹はお行儀良く前脚をそろえ、それでいて尻尾や蔓を振りたくって待つものだから、雛鳥《ひなどり》か、獣の赤ちゃんを餌付《えづ》けしている気分だ。

「くろみや、おにく」

「くろみや、くだもの」

「……ドーユさんも、ショクさんも、食い終わったらもう一回風呂に入ってもらいますからね」

二人とも胸もとまでべちょべちょに汚して食べている。それに、ショクは水風呂にこそ入れたが、この二人、いつから風呂に入っていないのかと眉《まゆ》を顰《しか》める程度には、臭《にお》う。

「俺、生き物育てるの苦手やのになぁ……」

さて、どうやってこの二人を風呂に入れよう。

絶対に言うこと聞いてくれない気がする。

この先の苦労を考えながら、クロミヤは二人に固茹《ゆ》で卵を食べさせた。二匹は、「半熟卵がいい」と文句を垂れたが、「こっちの食べ物に慣れてへんでしょ？　おなかぴーぴしたらあかんから固茹でだけです。あと、当分はナマ物もナシですからね」と却下した。

ドーユとショクは、ぶぅと頰を膨らませてクロミヤの指を齧った。

＊

お風呂に入れられた。

大変だった……。

ドーユは、クロミヤの「ドーユさん！　まだ泡ちゃんと流れてない！」という声から逃げて脱衣場で四つ脚になってぶるりと水を切り、ショクは、「ショクさん！　泡の浮いてるお湯は飲んだらあきません！」とクロミヤに叱《しか》られながらバスタブの水を飲むのを妨害され、二人ともごしゃごしゃわしゃわしゃ洗われて、ぐったりしていた。

けれども、それ以上にクロミヤが、「疲れた……中腰めっちゃ疲れる……もういややや、あかん……ぜんぜん言うこと聞いてくれへん……」と、ぐったりしていた。

三人でバスルームで大騒ぎしている間に、船は一路、日本へ向けて出航した。

明日には東京へ到着予定だ。

ドーユとショクはバスタオルに包まれて、また、ベッドへ放り投げられた。

クロミヤは、ずぶ濡れになった服を着替え、マキトから言いつかったいくつかの命令をこなす為に部屋の外へ出ていった。

クロミヤに用を言いつけたマキトも、電話片手にまたどこかへ行ってしまった。

部屋にはドーユとショクの二人きりだ。

二人は真新しいシーツの上に転がり、ころころ、ころころ、一枚のブランケットを二人で分け合い、太腿《ふともも》や胴体に巻きつけて匂いづけし、大きな欠伸《あくび》をする。

風呂にも入って程好く体も温まり、眠気を覚えるのに……眠れない。

「あの二人、どう思ウ？　食べて逃げるが得策カ？」

ドーユはショクと手を繋ぎ、がぱりと口を開けて食べる真似《まね》をする。

「悪意は感じられなイ。ここハ、ショクやドーユの生きていた世界とは違うようだから、食料の入手も困難ダ。いまは彼らを信じて情報の収集に努めるのはどうダ？」

ショクはドーユの尻尾の付け根を撫でながら、ドーユの唇を啄《ついば》む。

「賛成ダ。あの者たちはこちら側の事情に精通しているシ、きちんと説明もしてくれタ」

「人外の存在を知っている者ハ、こちらの世界ではごく少数だと言っていタ。ということハ、彼らハ、こちら側では特別な立場にいると見ていイ。特別なことを知っている者ならバ、特別な情報も入ってきやすいはずダ」

「勝手の分からぬ世界。外には危険も多いならラ……」

「うン。やはりいますこしあのマキトとやらの世話になろウ」

「決定ダ」

ドーユはショクの頬に唇を寄せ、べろりと長い舌で舐めあげる。

「甘えっコ、気が早イ。安全確保が完璧《かんぺき》じゃなイ」

ショクはドーユの唇を噛み、すらりとした手指で頬をつねる。

「まだ帰ってこなイ」

はぐ、はぐ。ショクの耳を噛み、腰のくびれに指を這わせる。

ショクは気乗りしない様子だけれど、ドーユが裸足《はだし》の指先でショクの向こう脛《ずね》を撫であげ、尻尾でさわさわと股《また》の間をくすぐるうちに、「悪い子……」と目を細め、指の一本をしゅるりと触手に変えて、ドーユの尻の狭間《はざま》に忍ばせてきた。

「ドーユが挿《い》れたイ」

「ドーユが挿れると亀頭球が抜けなくなってすぐに動けないからだメ」

「亀頭球は入れないからラ」

「だメ。今日はショクが可愛《かわい》がってやル」

「……んっ……っ……ショク……きつい、っ」

「珍しイ、ドーユの尻、まるで生娘みたいになってル……」

「……べたべたのやツ、尻に入れテ」

「コラ、ドーユ、っはっ……あっ……ショクの尻に指を入れル、んぁ……っア」

向かい合わせに抱き合った二匹は、互いの尻をほじり、ちゅっ、ちゅ……と音を立てて唇を吸い、毛繕いを始める。

触手からとろりと粘液がこぼれて、ドーユのまたぐらの毛を濡らす。

そのぬめりを指で掬《すく》ったドーユは、ショクの尻になすりつける。

そうする間にも、互いのまたぐらの一物はいっそう張り詰める。

ドーユのそれは、いろんな動物の性器が混じった形状をしていて、全体的に根元が太く、陰茎骨があり、竿《さお》にはごつごつとした凹凸が無数に浮いている。

雁首《かりくび》は爬虫類《はちゅうるい》のそれで、猫や獅子《しし》のように棘状の返しがついていて、勃起《ぼっき》すれば根元の亀頭球が膨らむ。陰嚢《いんのう》はヒトよりすこし大きい程度だが、本性ともなると小玉のスイカくらいあって、長さも太さも重さも立派、鍛え上げた成人男性の腕にも勝る。

ショクのそれは、太さはほどほど、色が真っ白で、のっぺりとした表皮に青白い血管が浮いていて、異様に長い。まるで馬の陰茎だ。生き物みたいにうねうねと動き、蛇みたいにやわらかく、軟体で、ぐじゅぐじゅと粘液を分泌し続ける。

催淫《さいいん》効果のあるその粘液で相手を発情させ、前後不覚に陥らせ、性器をゆるめさせ、いざ挿入したならば、腹の奥の、奥の、はらわたの隅々まで己の陰茎を行き渡らせる。

「うぉ……お、おぉ……」

携帯電話と煙草を片手に戻ってきたマキトが、部屋に入るなり低い声で驚いた。

目の前で、獣が二匹、交尾していた。それもまぁ見た目も立派な陰茎を互いの口でしゃぶりながら、互いの尻に指やら触手やらを出し入れして慰め合っている。

「……っぁ、ぉ……おっ……ぉおあ」

「んー……ぁっ、はっ……あぅ、んぁ、あっ」

ドーユとショクには、恥ずかしいとか、隠すとか、そういった概念はない。

兄弟でこういうことをするのは、ドーユやショクの一族ではごく自然なことだ。

マキトは最初こそ面食らったようだが、部屋を出ていくでもなく、二人が睦《むつ》み合う姿がもっともよく見えるソファへ腰かけた。

クロミヤがテーブルに用意していた酒をグラスへ注ぎ、じっと観賞こそしているが口は挟まないし、手も出してこない。

「ショク、吸っテ……さきっぽ、っ、そウ、……そコ」

「んっ、っ……っんン」

「ち、がっ……いじわル、っ、ぅう！」

指先のひとつが薔薇《くしざ》の蔓に変わって、ドーユの陰茎の内側へ沈んでいく。

無数の棘が尿道を串刺し、ずるりずるりとやわらかい肉をこそげ落とす。

「ひ……ン……っ、ン、っ、ひ、ぁ……あっ、ぁ……っひ」

ドーユはきゃんきゃん鳴いて、メス犬みたいに喜んだ。

「……ドーユが、っン……ふぁ……これ、きもちいいの、ショク、知ってル……っ、……ドーユ、いたイ、だメ、手、いれたラ、……だメ、っ」

「ショクの尻はドーユのもノ。しっかり開ケ。いつも、ドーユのこれを根元までずっぷり咥《くわ》えこむくせニ……、ほラ、腹のなかを揺すってヤル」

お返しだ。

ドーユは、骨張って節くれ立った拳《こぶし》を握ってショクの尻に嵌《は》めこみ、ぐぶぐぶと腹の内側から揺すってやる。体内からの振動で、ショクの気持ち良くなるところがぜんぶ刺激されて、びくびく痙攣《けいれん》して喘《あえ》ぐ。

お互いの気持ちいいところはぜんぶ知っている。

だって、双子だから。

だって、ずっと二人で一緒に生きてきて、一緒に楽しんできて、一緒に交尾してきたから。

だから、二人だけで充分気持ちいいのに……。

ドーユとショクは、二人同時に、ちらりとマキトへ視線を向けた。

マキトが、すごくすごく優しい表情で、ドーユとショクのじゃれ合いを見ていた。

見ていたというより、見守ってくれていた。

その瞬間、ドーユもショクも、「あ、このオスいいな」と思った。

ドーユとショクのこれを見ても取り乱さず、見守ってくれるその様が頼もしかったし、見つめてくれる眼差しがとっても優しかったし、なにより、そうして二人を見やるマキトの姿がいかにも群れのオスを気取っていて、雄壮だった。

それに、二匹は一番大事なことにも気づいた。

交尾っていうのは、安心していないとできない。

気持ちいいことに溺れると油断が生まれがちになるから、ドーユやショクは安全確保できた時にしかしない。

つまりは、そういうことだ。

マキトがいると、安心で、安全だということだ。

「マキト」

「うん？」

ドーユに呼ばれ、マキトはドーユに穏やかな視線を向ける。

「おいデ」

「俺か？」

続け様にショクにも呼ばれて、マキトはすこし笑って問い返す。

「早く来イ」

「こっちに混ざレ」

ドーユは尻尾でマキトを手招き、ショクは触手を伸ばしてマキトの足首を引っ張った。

「まぁ、船に乗ってる間は暇だしなぁ……」

マキトは苦笑気味に、それでいて鷹揚な笑みで二人の誘いに応じた。

「良いお胸」

ショクは、シャツを脱いだマキトの胸に手指を添わせ、大胸筋を持ち上げる。

かぷっと牙を立てれば、お肉が弾み、実に嚙み応《ごた》えがある。

「立派！」

いそいそとマキトのズボンを爪で破り裂いたドーユは、勃起していないそれを手にとり、ずしりとした重みに目を輝かせ、頬ずりする。

「人外相手も、なかなか新鮮かもな」

こういった求められ方をしたことのないマキトは、まっすぐな欲を向けられて悪い気はしない。

「マキトは初めてカ？」

「優しくしてやるゾ」

マキトの肩に手を添え、左右の耳にそれぞれが囁《ささや》く。

こんな立派なオスだから、きっとたくさんのメスを抱いただろうが、お尻は生娘のはず。

それをドーユとショクで散らしてやろうというわけだ、が……。

「……？」

「……？」

ドーユとショクは二人して、マキトの下にいた。

マキトに、「こういうの初めてだから、俺が楽な体勢でしていいか？」とねだられ、「よかろウ」「最初だからナ」と余裕で受け入れてやったのに、気づいたらこのザマだ。

腰の下にクッションを敷いて膝《ひざ》を三角に立てたドーユが仰向けに寝転び、四つん這いになったショクがドーユに抱きつく恰好《かっこう》でうつ伏せになっている。

そうすると、ベッドに膝立ちになったマキトに尻が二つ向いた体勢になる。

「……ま、まきト……まき……？　ま、……ひっ、ン！」

尻の違和感に悲鳴を上げたドーユが、ショクの肩越しにマキトを見やる。

「ドーユ、こ、コレ……ドーユとショクの想像とちょっと違ウ……ひっ、ャッ！」

マキトを可愛がってやろうと思ったのに、あれよあれよという間に、ドーユとショク両方の尻に指が入っている。

おかしい。二人して顔を見合わせるけれど、尻に入れられた骨太の指がごつごつと気持ちいいところを刺激して、考えることをやめてしまう。

「いつも二人で遊んでんのか？　ぐっずぐずだな。……ドーユは奥まで開く癖がついてるし、ショクは、……ここか？　入り口が気持ちいいんだな？」

「……ゆび、……ゆび？　……ゆび、これ指なのカっ⁉」

「指だな」

「すごィ……っ、おク、っ、もっト、……ゆビ、すごいィ」

たかが指なのに、すごく気持ちいい。

「な、なんだこれワ……なんデ、っ、こんナ……そんなふうにしたラ、っショク、どうしよ、……ドーユ、負けちゃゥ、っマキト、じょうズ……っ」

たかが指なのに、声が止まらない。

このオス、超絶技巧の持ち主だ。床上手だ。指がすごい。

たかが指なのに、指じゃないみたい。

「ドーユ、すごい顔……っすご、ひっ……ぃい」

「……ショク、よだれ……っん……ぅぁ、あっ」

お互いの感じ入る顔をまじまじと見つめ合いながら、唇を交わす。

自分の片割れが、こんなにも乱れた表情をするなんて、初めて知った。

ドーユは余裕をなくした獣の仕草で息を荒らげ、尻尾をふにゃふにゃにしてマキトの太腿に絡め、お尻の穴もぜんぶ見せていつでも交尾可能な状態だとオスに示す。

だらしなく口と股を開き、小さな牙も、赤い舌も、生殖器の粘膜も、ぜんぶすっかりマキトに見せびらかす。

ショクは、色のない肌に走る血管が皮膚に浮くほど脈打たせ、細い四肢をしなやかに伸ばしてふるりと打ち震え、手指足指をマキトの肌に添えて触手を巻きつける。

濡れやすい体質なのか、おもらしをしたように下肢をとろとろにぬめらせ、そして、それ以上にとろけた瞳で恥じらい、悲鳴みたいなか細い声で、ひっきりなしに喘ぐ。

マキトが己の陰茎を手で扱《しご》き、その先端をドーユとショクの会陰《えいん》に交互に押し当てる。ぐっと重くて、質量もある熱いそれが、ぬるぬるとぬめり、脈打つ。

「どっちが先だ？」

「ドーユ！」

「ショク！」

マキトの問いに、二人がほぼ同時に答えた。

「残念ながら、これは一本しかない。順番だ」

「じゃあショクにやってくレ」

ドーユは迷うことなくショクに一番目を譲った。

かわいいかわいい双子のショクにあげてくれ。ドーユと違って、ショクは食べられるものが限られていて、随分と弱っているから、滋養のある子種を先にやってくれ。

「……ショク、兄弟はこう言ってるが、お前はどうだ?」

「先にドーユにあげテ」

先に弱ったショクを守る為に、ドーユは悪い奴らといっぱい戦って、いっぱい殴られた。水さえあれば生きていけるショクと違って、ドーユはご飯を食べないといけないのに、その食事を与えてもらえなくて、ずっと空腹で、ずっと自分の尻尾を齧って我慢していた。

「……お前らの兄弟愛は立派なもんだな」

「っん、ぁ……ア」

マキトは、ドーユとショクの尻を一度ずつ叩いて誉めると、ショクの尻に一度だけ挿入した。

異様にぬめる胎内はほんのりと冷ややかで、ヒトを相手にするのでは味わえないうねりがマキトを包みこむ。食虫植物に捕食されているような締めつけと蠕動《ぜんどう》が交互に押し寄せてきて、あっという間に根元まで呑《の》まれてしまう。

マキトはその穴をじっくりと堪能《たんのう》し、けれども、前後に動かすことはせず、ひと突きだけして抜くと、今度はドーユの穴に差し入れた。

こちらはこちらで、湿りやぬめりはほとんどない。直腸は肉そのもので、筋肉が発達していて、締めつけがきつい。それでいて奥はふわりと開いてオスを招き入れ、粘膜はとろけるほどやわらかく、ショクのそれよりもずっと熱い。

ドーユの穴のきつい締まりと肉の圧を味わい、腰が重くなるのを感じながら、マキトは陰茎を抜き去り、再びショクのそこへ深く、ゆっくりと埋《うず》める。

「斬新かつ平等……」

「一回ずつ交代……」

見かけはちっとも似ていない二人だけれど、同じ表情でマキトの行為に驚いている。

驚きはしたが、不平不満はない。いっぱいたくさん突いて欲しいのは山々だが、交代交代なら二人とも同じだけ気持ちいいし、それに、二人とも後ろを犯してもらいながら、自分たちは唇を重ねて、首や背中に腕を回してぴったりくっついていられる。

これは、三人じゃないとできないことだ。

「ショク、……三人、モ、いいナ……」

「ん……三人、イイ……、すご、イ、ぃイ」

「っ……いマ、どっチ、どっち入ってきタ……？」

「いマ、ショク、こっチ、こっち……ンあっ、出てったァ……」

「ドーユのほう入ってきたあぁ……あっ、ぉぁア」

片方にしか入っていないのに、相手に入っていく時のどすんとした重みがもう片方にも伝わってきて、その衝撃や、抜けていく時の腹の揺れる感覚もお互いに伝わって、どちらにもずっと入っているみたいな感じがする。

それに、マキトの一物は人間にしてはえらく立派で、ごりごり、ごりごり、二人のいいところを擦《こす》って、抉って、もっと気持ち良くなる為の穴に仕立ててくれる。

「ほら、しっかりしろ。へばってんなよ」

マキトは、シーツを掴むショクの手を取り、馬の手綱のように引っ張って、深く犯す。

「……あー……っ、ぁ、あー……っ」

ショクは大きく仰《の》け反《ぞ》り、己の陰茎が腹に当たるほど震わせて精液を噴く。

ショクの一物は、ぞろりと長い馬のような形をしているから、固くはなるけれど、重みのせいで鋭角に勃起できない。その分、射精が長く続き、快感も果てしなく、終わりない。

「ま、きと、マキトっ、……それ、ドーユにモ、ドーユにもやレ！」

ドーユは、自分の腹に倒れこむショクを両腕で受け止め、その掌はマキトと手を繋ぐ為にめいっぱい開いて、マキトへ差し出す。

「お前はショクと仲良くしてろ」

マキトはドーユの腰を掴んで持ち上げ、がつがつと掘る。

「ぉ、ぉっ、あぉ、おっ」

こんな乱暴な振る舞い、ショクにしか許したことない。

なのに、この体はすっかり陥落してしまったのか、マキトのメスになることを認めてしまったのか……、体は正直なもので、びゅくっ、びゅく、と精液が飛ぶ。

二人がびくびくと下腹を波打たせて絶頂を迎えると、マキトは陰茎を抜いて、二人の尻穴にくちゅりと残滓《ざんし》をなすりつけた。

「ドーユ、ショク」

マキトは、自分の陰茎を手で扱き、二匹を呼ばわる。

ドーユとショクはよく弁《わきま》えたもので、四つん這いになってベッドを這い、一本の陰茎に二人がかりで舌を這わせた。

気持ち良くしてくれたオスに礼をするのは当然だ。

肉厚のドーユの舌で、二人分の腸液にまみれた竿を舐めあげる。

長くて薄いショクの舌で、雁首や亀頭をくるりと包みこんで清める。

「……んっ……はぅ……ん、ぉ、ぉ」

ドーユは陰嚢を頬袋にたっぷりと含み、舌の上で転がす。

「ぉぁー……ぁ、ん……あ、っあん」

ショクはよだれをだらだら垂らして、ずるりと喉奥まで咥えこむ。

「お前ら、健気《けなげ》だなぁ」

マキトは、懸命に奉仕する二匹の頭を撫でて誉める。

大きな掌で、よしよし、よしよし。

二匹の獣があれこれと舌を駆使したり、喉を酷使するたび、いっぱいいっぱい撫でる。

頭を触らせるなんて滅多に許さないドーユが、自ら進んでマキトの掌に頭のてっぺんをぐりぐりすり寄せる。

他人から誉められても、「そんなことは貴様に言われずとも分かっていル」と取りつく島もないショクが、どこか誇らしげに目を細める。

二人とも、ただただマキトに誉められたい一心で、舌を使うのにも熱が入る。

自分たちも、どうしてこんなにマキトに懐いてしまうのかは分からない。

分からないけれども、この男と交尾するかしないかの二択なら、即断即決でこの男と交尾するほうを選ぶ。これはもう本能的なものだから、理屈は通用しない。

「よし、二人とも、放していいぞ」

いつまでもしゃぶり続ける二匹を、すこし強い力で引き剝がす。

マキトは、舌を出していまかいまかと待ち構える二匹の顔めがけて射精した。

「んっ、んン」

「いっぱい……っ」

いやがる様子もなく、二匹はマキトの精液を顔と舌で受け止めた。

たった一度交尾しただけなのに、マーキングされることすら歓迎してしまう。

このオスは交尾が上手で、あっという間に絶頂まで追い上げられてしまったし、子種汁は濃くておいしい味がするし、汗はオス臭くてたまらなく絶品だし、拒む理由がない。

ドーユとショクの群れは、強い者なら大歓迎だ。

見た目や種族が違うくらいでは拒まない。

「ぁ、ふ…………ぁー……ぅ」

「ん、っん……ん……っふ……ふふ」

ドーユはショクの頬の精液を舐め、ショクはドーユの獣耳まで飛んだ精液を舐める。

二人はその味に舌鼓を打ち、自分の尻に指を添わせて、さっきまでマキトの侵入を許していた穴をいじくる。ぐちゅぐちゅ、にちゅにちゅ。わざとらしい音を立て、すこし怠《だる》い腰を持ち上げ、うっすらと口の開いたそこをマキトに見せて、誘う。

そんなことをしなくても、二人の視線はマキトの一物に釘づけだから、なにを欲しているかは丸分かりなのだが、それでも、オスを誘う労力を惜しみはしない。

「欲しけりゃでかくしろ」

ドーユの頬肉がぐにゅりと歪《ゆが》むくらい強く裏筋をなすりつけ、それにしゃぶりつこうとするショクの頬を陰茎でべちんと叩く。

「男らしイ……」

「横暴なところモ、……いイ」

二匹は、ちょっと意地悪なマキトにきゅんと胸を高鳴らせ、マキトの腰にしがみつき、ちょうだい……と、きゅんきゅん、くぅくぅ鳴いてみせる。

「次はお前らの上等の尻を使ってみせろ」

マキトがベッドへ寝転がる。

ドーユとショクは、順番交代で一本のそれに跨《また》がった。

辛抱のきかないドーユが「ショク、ショク、……ドーユのわがまま聞いテ、おねがイ、ドーユ、これでいっぱい腹のなか擦りたい、先に使っていいカ?」と切羽詰まった様子で尋ね、ショクから、「いっぱい使エ」と許しをもらうと、ドーユは自分一人でマキトの陰茎を独り占めして、尻が壊れるんじゃないかと心配になるくらい腰を振る。

「ショク、こっち来い」

マキトは、尻を振りたくるドーユを好きにさせ、ショクを手招く。

ショクが手もとにやってくると、マキトは暇をしている手で、さみしげにひくつくショクの尻穴をいじってやる。

「マキト、……っ、ありがと、……ショク、うれしィ」

ショクは女みたいに腰を突き出して、かくかくと腰を揺らす。

ドーユほどの筋肉がないショクの内腿はひどくやわらかく、繊細で、骨や筋の線がくっきりと浮いて儚《はかな》げだ。指を咥えた会陰や括約筋のふちをほんのちょっと伸ばしただけで、血管が透けて見える。

「マキト、……まきとぉ……ドーユ、ドーユも見テ……っ」

「見てる。上手にケツ振ってんな。……おら、上下じゃなくて前後に振れ、ケツ締めろ」

「……こウ？　こうカ？　……こレ？　……あっ、こレ……これすごイ、きもち、ぃィ……っ、マキ、マキトっ……まきと、こレっ、尻ガ、止まらン……っ」

「マキト、あとでショクにもしテ」

「おう」

「まきと、まきとっ」

ドーユはマキトの名を呼びながらマキトの立派な胸に手をつき、交尾しやすいように尻の横にずらした尻尾でマキトの太腿を叩いて、絶頂が近いことを伝える。

「まきと……」

ショクは控えめに、それでいて欲にまみれた声色でマキトの名を呼び、太腿の付け根、陰嚢、陰茎、ぜんぶを震わせて、もうイかせて欲しいとねだる。

「……すんません、マキさん、お待たせしました。言いつかった用事ぜんぶ片づけてきました――……っと……あ――……すんません、オンナ呼んでまし……ませんよね？　それ、ドーユさんとショクさんですよね!?　……うわぁ、もう！　なにしてはるんですか！」

部屋へ戻ってきたクロミヤが叫んだ。

ちょうどドーユとショクがそれぞれの異形の生殖器から大量の種汁を噴くところに居合わせてしまい、両手で顔を覆った……が、遅い。

勢いよく飛んだ精液がクロミヤの顔面にぶっかけられる。

「ひっ、ぅう……顔射……ザーメン……うぇっ……ふ、……口と鼻に入った……」

大変えっちな場面に出くわしてしまった。生まれて初めて、人外と人間がセックスしてるところを見てしまった。しかも巻きぞえまで食らってしまった。

「おうクロミヤか、ごくろうさん」

「勘弁してください……マキさん、なにやってはるんですか……」

「相性を見てぃル」

陰茎をにゅぷにゅぷ出し入れしながらドーユが答えた。

「なんでですか……？」

「信頼できるか否カ、その者の人となりハ、交尾してみれば大体分かカル」

マキトの拳をずっぷり尻に咥えたショクが、どぱどぱ射精しながら答える。

「マキト、アレは一緒にしないのカ？」

絶句するクロミヤにドーユは小首を傾《かし》げ、マキトに問いかける。

「しないなぁ」

「仲良しじゃないのカ？」

「仲良しだけど、そういう関係じゃないからなぁ」

心底不思議そうなショクの問いかけに、マキトが苦笑気味に答える。

「クロミヤ、気にするナ。じゃれあいダ」

「入れるのも入れられるのも気持ちが良いゾ」

ドーユとショクは場所を交代して、ショクはマキトの一物を己の腹に納め、ドーユはマキトの手で己の腹を掻いてもらい、淡々とクロミヤを言い含める。

「……なんか、論点ちゃうんとちゃいますか……」

なんでいきなり三人で仲良くしてはるんですか……。

立派な三つの陰茎を目の当たりにしたクロミヤは、どこにも目のやり場がなくて、かといってそこから先に立ち入ることもできなくて、部屋の入り口に立ち尽くしたまま、両手で顔を覆った。

＊

ドーユとショクは、優しい人が好き。

たとえば、昔、お隣に住んでいた竜。

ドーユとショクが怪我や病気をした時に、家族みたいに心配して付き添ってくれた竜。

ドーユとショクが戦争をしていた時に、見返りなんて求めず、己の信念に正直に生きて、友愛という形のないものの為に手を差し伸べ、助けてくれた竜。

マキトやクロミヤも、その竜と同じ目をしている。ちょっと孤独で、さみしそうで、でも、大事なものや信念を心のうちに強く持っていて、その強さで他人に優しくできる人。

でも、この世界でドーユとショクがまず触れたのは、優しさじゃなくて暴力だ。

ドーユとショクの力をアテにして、力技で従えようとした。

ドーユとショクのどちらかを人質にとって、もう片方を餓死させて言うことを聞かせようとしたり、片方を痛めつけることによって、もう片方を追い詰めたりした。

でも、マキトとクロミヤは違う。

ドーユはとっても耳や目がいい。ショクは神経系が発達している。二人とも、船のモーター音や振動にはひどく敏感で、でも、それが船のせいだとは分からず、自分の体の不調に怯《おび》えていたら、マキトが一晩中ドーユの耳を塞いでだっこしてくれて、クロミヤは振動が伝わらないように一晩中ショクの体を抱いて寝てくれた。

二人とも、この不調について考えつく限りの原因理由を追求してくれて、それをドーユとショクに伝えてくれて、それで苦しまなくていいようにしてくれた。

だから、優しい人は好きだ。

「風呂の時も、これくらいおとなしぃしてくれはったらえぇのに……」

「こいつら交尾の時はもっとうるせぇぞ。がんがん腰振って、ケツ使って、めちゃめちゃ能動的に動くからな」

「……マキさん……頼んますから……その、来るもの拒まずなんとかしません？　この子ら、孕《はら》む体質やったらどないするんですか」

「まとめて面倒見るか」

「勘弁してください……」

「お前、生き物育てるの下手だもんな」

「マキさんは、お父さん業もそれなりにできそうですね、うん、できそう。せやけども、この子ら、いちおうまだ空木組のもんですから、商品に傷つけたらあきませんよ」

「問題ねぇよ、こいつら処女でも童貞でもねぇしな」

マキトとクロミヤのそんな会話を聞きながら、ドーユとショクはうとうとするうちに眠りについた。

ドーユとショクが手を繋いで眠るのを邪魔しないように、マキトとクロミヤも同じベッドに上がり、四人で団子になって寝た。

翌朝、最初に起きたのはドーユだ。ドーユは、まだ眠っているほかの三人の耳を齧って、頬に頬を寄せて、鼻先を舐めて、唇を吸って朝の挨拶《あいさつ》をした。

次に目を醒ましたのはクロミヤで、「ぉはよごぁいます……」としょぼしょぼの目を擦ると携帯電話で時間を確認して、「朝ご飯が運ばれてくるまでまだ時間ありますさかい、……ご飯は待っとってください」とドーユに伝えて身支度を始めた。

三番目にマキトが起きて、顔を洗うなり煙草を吸いに部屋を出ていき、食事が運ばれてくる頃にショクがのそのそ起き始めて、マキトが帰ってくると四人で朝食を摂《と》った。

やっぱり、ドーユとショクはクロミヤにご飯を食べさせてもらった。

それからまもなく船は東京へ到着した。

波止場に着くと、下船手続きすらせず、四人はそこに待ち構えていた二台の車にそれぞれ乗りこんだ。乗船中に、マキトの指示でクロミヤが手配したものだ。

マキトはそのうちの一台に乗りこみ、一人で東京の空木組本家へ顔を出した。今回、大陸で手に入れた目録を渡して、経過報告と今後の指示を仰ぐ為だ。

マキトが本家へ顔を出している間、クロミヤとともにもう一台の車に乗ったドーユとショクは、空木組の所有物件でクロミヤと一緒にマキトの帰りを待つことになった。

「とりあえず、お前たちは俺が預かることになった」

空木組から帰ってきたマキトは、ドーユとショクに結論から伝えた。

マキトはまず本家の相談役にドーユとショクの写真と動画を見せ、それからクロミヤの携帯と繋いだネット電話で二人のリアルタイムの姿を見せた。

ありがたいことに、この相談役、わりと話が通る。

なにせ、この相談役のさらに上、空木組の若き組長も、何匹か飼っているのだ。

人外を。

だから、マキトが尋ねるのは、「こんな生き物を発見したんです！」ということではなく、「久々にこの手の生き物が見つかったんですけどね、最近の人外はどこかの組織の所属になっていたり、誰かの子飼いだったり、買い手がついていたりして、野良は少ないでしょう？　こいつらの権利者って分かりますかね？　……やっぱり、カンパニーの所有なんですかね？」ということだ。

「見たことのない種類だから、新種の野良じゃねぇか？」

「お前もまた厄介なのを見つけてきたな。余計な面倒引っ張りこむなよ」

ところが、相談役と組長からは、あまり実のある返答を得られなかった。

「もしかしたら、……ほら、そちらと懇意にしてる霊能者とか、政治家のお抱え人外集団とか、若い五人組が起こした企業があるでしょ？　あそこにいた人外の子とか関係ありませんかね？　もしくは、カンパニーと対立してる組織とか……どんなことでも結構ですんで、ちょっとばかし情報をいただけんもんでしょうか」

マキトは食い下がった。

もうすこしなにか情報がなければ、ドーユとショクを元の世界へ返す術《すべ》を探ることすら難しい。どんなことでもいいから、きっかけになる情報が欲しかった。

なにせ、向こうからこちらの世界には干渉できるようなのだが、こちらから向こうの世界へ干渉するのは、ほとんど不可能なのだ。人間の力では……。

それこそ、いま、マキトのしようとしていることは、人間の力ではほぼ不可能に等しい。

「人外関連の情報は、日本はもちろんのこと、どこの国も機密扱いだ。そこに、政治家、宗教団体、複数の企業が絡んで、利権もややこしい。それをお前に話してやる筋合いはない。それに、カンパニーは同族を売買して利益を得るよりは、仲間として囲いこむ傾向にあるだろ？　今回も、それが目的じゃないか？」

空木組の相談役は、肝心なことをボカしてしか喋らなかった。

しかしながら、敢《あ》えてそれを喋ったということは、マキト自身がマキト自身のツテでそれを調査することは目を瞑《つむ》ってやる、という意味だ。

「……で、この二匹の処遇についてですが……」

「お前が面倒を見ろ」

空木組としては、ドーユとショクの存在は喉から手が出るほど欲しい。

人外を一匹持っているだけで、裏の世界ではひと財産、いや、人生を数度は遊べるくらいの財産だ。それも、双子で、見た目も珍しく、意志疎通が完璧にできる人外ともなると、需要が高い。

だが、よその組織の息がかかっている人外に手を出すことは御法度だ。

なにより、こういうのは、通常、引き取り手が決まった状態であるのが普通で、もしかしたら、ドーユとショクも、もう買い手が見つかっていたのかもしれない。

それならそれで、空木組が下手に関《かか》わって、買い手先と揉めるのは面倒だ。

空木組に置いておくわけにはいかない。

人外というのは、存外、手に余る生き物なのだ。

まず、彼らには、こちらの世界の物事の理《ことわり》、ルールや常識、倫理、ありとあらゆる社会通念が通用しない。次に、彼らは基本的に、こちら側へ馴染《なじ》む努力をしない。

我らは我ら、貴様らは貴様ら。

歩み寄り、拒絶、生殺与奪、ありとあらゆることに己のルールを持ち出す。

単純明快な思考と受け取れなくもないが、神のごとき俯瞰《ふかん》で物事を見極め、星の数を数えるような無為に愉《たの》しみを見い出し、息をするように人間の生み出した科学技術や医学を陵駕《りょうが》し、ただ微笑《ほほえ》むだけで人間の些末《さまつ》な矜持《きょうじ》を完膚なきまでに叩き潰す。

潰しはするが、それで天狗《てんぐ》になるわけではない。

なぜなら、彼らは人間に興味がない。こちら側の世界に馴染むつもりがない。こちら側の世界と関わることに、そんなに魅力を感じていない。だから、こちら側の世界の生き物である人間に対しても、無駄に攻撃してきたりしない。

その点においては、彼らは、人間よりもずっと賢いのかもしれない。

人間というのは、恐怖の対象を攻撃するから……。

彼ら人外は、己の力に絶対的な誇りがある。強さというものを知っている。

だから彼らは人間を相手にしない。相手にするのは、概《おおむ》ね、自分たちと同じ人外だけだ。

だからこそ、扱いが厄介なのだ。

人間は彼らを見ているのに、彼らは人間を見ていない。

だから、欲しい。

けれども、手に余る。

「……つうわけでだ、空木の惣領《そうりょう》殿の鶴の一声で、お前らは俺の物になった」

入手経路や関係各所との兼ね合いを鑑《かんが》みると、面倒事になる可能性のほうが高いので、マキトが締めるなり飼うなり好きにしろ……と、お墨付きをもらったわけだ。

その実を言うと、今回の手間賃の一部として……、という建前で、体よく押しつけられただけなのだが……。

「……マキさん」

「おう、なんだ？」

すっかり落ち着いた様子のマキトは、クロミヤの淹《い》れた濃いめのコーヒーを飲む。

「ドーユさんとショクさん、ぜんぜん話聞いてはりませんよ。……いや、正確には、マキさんの預かりになったってことだけ聞いたらもう安心したみたいで、そっから先はどうでもえぇみたいです」

クロミヤはマキトの煙草に火を点けて、ちらりと横目でドーユとショクを見やる。

ドーユは室内を縦横無尽に駆け回り、ソファに駆け上ってぽよぽよ跳ね、柱で爪を研ぐ。

ショクはお日様の当たる窓辺でごろごろしながら観葉植物とお話をしていた。

「ドーユさん、おしっこはトイレでしてください。ショクさん、植木の土は食べんとってください。あと、お水はコップに入れてあるんで、トイレの水は飲んだらあきません」

「分かっタ！　任せロ！」

「はーイ」

ドーユとショクは返事だけは立派だが、なにせ根本的に自由な気質なので、そうこうする間にもクロミヤの頭に上って天井の照明器具に触ろうとしたり、マキトの煙草をぜんぶ床に出してフィルターをちぎったりしている。

「はい、ドーユさん、電球は熱いんで触ったらあきませんよ～、……ショクさんも、煙草のフィルターちぎったやつ、もっぺん箱に戻さんとってくださいね～」

「……クロミヤ、お前、ちょっと俺が本家に顔を出してる間に、……逞《たくま》しくなったな」

傍若無人な子猫みたいなドーユとショクを、焦らず、騒がず、上手に扱っている。

そのわりに、この二匹は、マキトの命令ほどクロミヤの言葉は素直に聞いてくれないらしく、ほんの数時間の留守で、クロミヤはげっそりしていた。

「ま、とりあえず家に戻るか……」

「家！　マキトの家カ！」

「マキトの領地だナ⁉　どこダ⁉」

「ここから五百キロ強のところだな。奈良っていうんだよ」

「なラ！　どうやって行ク？」

「飛ぶのカ？　走るのカ？」

　マキトの座るソファの右と左にぴょんと飛び乗り、マキトの頬に頬を寄せる。

「そうだなぁ……」

　マキトは、点けたばかりの煙草をクロミヤが持つ灰皿で消して、ドーユとショクを交互に見やり、「これを連れて、飛行機と新幹線は無理だろ……」と苦笑した。

「本家さんが、車は持っていっていいって言ってはりましたから、もらっていきますか？」

「そうするか……長距離の運転なんか久々だな……」

「俺が運転します。マキさんは休んでてください」

「ま、交代でやってこう。……それから、ドーユ、ショク、俺の家に移動はするけどな、向こうに戻っても、ちゃんとお前らの帰る方法は探す。それに、たぶん、この狭い部屋にいるよりは、俺の家のほうがいくらか自由に過ごせるはずだ。それでいいな？」

　マキトは、ドーユのふぁふぁの耳をくすぐり、ショクのすべすべの頬を指の背で撫で、

「どうだ？」と小首を傾げる。

「……どないしはったんですか、ドーユさん？　ショクさん？」

二匹は返事をせず、じっとマキトを見上げている。

「マキト、ドーユとショクとの約束、忘れてないイ」

「言葉の固い男は好ましイ」

マキトは、二人を元の世界に戻す努力してくれている。

その約束を忘れられてはいまいかと二人が不安になる前に、ちゃんと約束を覚えていて、その約束を果たす心積もりがあることを言葉にしてくれる。

「ドーユ、マキトのそういうとこロ、好キ」

「ショクも好キ」

二人はマキトの手を左右から握って、大きく頷き合った。

「……ドーユ、ショク……気持ちは分かったから、その、なにかと尻尾と触手でちんこを刺激するのはやめろ」

マキトは苦笑して、けれども感情に素直な二匹の好意に悪い気はしなかった。

＊

マキトの領地は、立派だ。

松の木と池のある玉砂利の庭、平屋建てのお屋敷、大きな蔵と薔薇の温室、それから、裏山。裏山には動物がたくさん棲《す》んでいて、小川や滝もあるし、食べ物も豊富だ。

マキトの領地にはマキトとクロミヤしか住んでいないらしいが、今日からは、ここにドーユとショクも住む。

昼の間、ショクは庭に流れる川や池に足を浸けて、光合成をしながら眠っている。

そういう時のショクは、死んだみたいに静かだ。

代わりにドーユが縄張りを見張る。

四つ脚で元気に庭を駆け回り、裏山に住む獣の遠吠《とおぼ》えに張り合って吠えまくり、家のなかを走り回ってはクロミヤに、「お外で遊んでくださいね〜、畳がどえらいことになってしまいはりますんで〜」と襟首を摑んで外へ放り出され、池の鯉《こい》を獲《と》って食べた。

クロミヤは「あきません！　犬食いしたら！　ナマ食もあきません！　おなかこわしたらどないするんですか！」と大騒ぎしたけれど、マキトは「腹こわすなよー」くらいのもので、一切お咎《とが》めはない。マキトはとってもおおらかだ。太っ腹だ。男のなかの男だ。

「クロミヤ、ドーユとショクはどこだ？」

「ショクさんは花壇で土まみれになって寝てはります。ドーユさんは……どこでしょ？」

庭にいたクロミヤは、ドーユがすっかり食べ尽くした鯉の骨を片づけながら、マキトと一緒にドーユの姿を探す。

「ここダ！　マキト！　ドーユはここにいるゾ！」

耳の良いドーユは、庭先のマキトの声を聞きつけ、家屋の奥から声を張った。

「どこだ？　……あぁ、ここにいたのか。……うん？　なにか見つけたか？」

「鏡ときれいなべべ！」

ドーユは、簞笥《たんす》から引っ張り出した着物を羽織ってみせた。

きれいなきれいな絹や紬《つむぎ》の着物だ。ドーユが見たこともない手法で織られていたり、描かれたものがあって、金の糸や銀の糸、錦の糸で刺繍《ししゅう》がされている。それが一枚や二枚ではなく、十も二十も三十も数え切れないくらいあった。

「おー……こりゃまた懐かしいもの引っ張り出してきたなぁ。どれ、そこで回ってみろ」

「こうカ？」

ドーユは裾《すそ》をからげて、トンボ返りする。

「……予想とちょっと違ったが……うん、いいな。着物も生きてるみたいだ。……ドーユ、お前、きれいなものが好きか？」

「好きダ！」

「お前の着ていた服にも、赤やら黄色やら、派手な色が使われてたからなぁ」

クロミヤが洗濯しているドーユとショクの衣服は、身を守る為や、防寒防暑の為というよりも、装飾的な意味合いが強く見てとれた。

黒貂《くろてん》と白貂で裏打ちされた腰布、派手な帯、鹿革の手甲、腕や首、腰回りを飾る動物の骨、そのなかには、マキトが見たこともないような不思議な質感の素材もあった。

彼らは獣であり、樹だ。繁殖を大切に考えている。相手をその気にさせる為に身を飾り、強さを見せつけ、肌や毛皮の美しさを保ち、その美しさを誇り、日々それらに磨きをかける。

「お前たち、宝石は身に着けないのか？」

「宝石はぜんぶ盗られタ。金色の竜の血を固めた宝石モ、金色の竜の鱗を磨いた首飾りモ、妖精の眼球モ、深海の木々の琥珀《こはく》モ、ぜんぶ人間に奪われタ」

「そうか、それはすまなかった」

「マキトが謝ることではなイ。自分の財を守れなかった弱いドーユとショクが悪イ」

「じゃあ、……お前の大事なものの代わりにはならないが、これはどうだ？」

「珊瑚《さんご》！」

「よく知ってるな。ほら、お前によく似合う。……でも、このネックレスじゃちょっと長さが足りないか。手首に巻くか？　それともこっちの真珠にするか？　翡翠《ひすい》も瑪瑙《めのう》もダイヤもあるぞ。好きなのを持っていけ」

「ここは宝石箱カ？　宝物庫カ？」

「いいや、これは嫁入り簞笥だ」

「そう、嫁入り。……といっても、俺もここになにが入っているか、未《いま》だにちゃんと把握しとらんのだよなぁ……」

マキトは、下段から順番に箪笥の引き出しを引いていく。

「開けていいカ？　見ていいカ？」

金や銀の散った丈夫な和紙を、爪でかりかり。

尻尾で畳をぱたぱた、全身をそわそわさせてマキトを仰ぎ見る。

「おう、いいぞ。この結び紐《ひも》をほどいたら開くからな」

「いいにおいがすル！」

紐を解き、和紙を開く。

きちんと畳まれた着物から、ふぅわりと懐かしい匂いが漂った。

「こっちは帯か……？　うん、帯だな……このあたりなんかはお袋の娘時分のだから、色柄も派手だし、お前ら好きなんじゃないか？」

「どれが似合ウ？　マキトはどれが好きダ？」

「俺が選ぶのか？」

「だってマキトがくれタ。マキトが選べ。ドーユはマキトの好きな衣《ころも》をまとってやル」

「じゃ、これだ」

柿色と古代紫が鮮やかなモダンな風合いの着物を選び、肩にかけてやる。

「……マキト、ドーユ、おねだりしてもいいカ？」

「なんだ？　言ってみろ」

片手でドーユの頭を撫で、もう片方の手で帯を探す。

「ドーユ、鳥の羽が欲しイ」

「……洋箪笥を見てみるか。よし来い」

マキトは、裾を引きずるドーユを抱き上げて、和室と隣り合う洋間へ向かう。

ここも母親の部屋だ。衣裳持ちだった母は、部屋のいくつかを衣裳部屋にしていた。

マキトは随分と久しぶりにその部屋の電気を点け、洋箪笥の観音扉を開いた。

「昔、政治家かなにかのパーティーで、お袋が羽のついた帽子かなんかをかぶってた記憶があるんだよな……おーい、クロミヤー！　帽子ってどこだー？」

「くろみやー！　みやー！」

ドーユも一緒になってクロミヤを呼ぶ。

すこしすると、洗濯物を干していたクロミヤが駆け足でやってきた。

「すんません、お待たせしました。えらい珍しい部屋におりはるんですね。……マキさん？　今度はなにしてはるんですか？」

とっちらかった和室と洋間の間で、クロミヤが目をぱちくりする。

「いやな、ドーユがきれいなもんが好きって言うから、なんか見繕ってやろうと思って」

「マキトが見立ててくれていル！」

「……で、ほら、お袋の帽子で、孔雀《くじゃく》の羽のやつがあっただろ。帽子と手袋、それから胸んとこにする飾りの三つそろいのやつ。あれ探してんだよ。お前、知ってるか？」

毎年、季節ごとに、この部屋の虫干しと防虫剤の入れ替えをしてくれるのはクロミヤだ。マキトよりもずっとこの部屋や簞笥の中身に詳しい。

「……え、っと……ちょっと待っててください。すんません、失礼します」

マキトと場所を入れ替わったクロミヤは、すこし躊躇いながら、それでもマキトに言われた通り、帽子と手袋とコサージュのセットをクロゼットの上の棚から取り出した。

帽子とコサージュはそれぞれ丸い箱に、手袋は薄い四角の箱に入っていて、どれもすこし草臥《くたび》れた感じがある。樟脳《しょうのう》のにおいはするが、目も当てられないほど傷んではいない。

「ドーユさん、これ、そうっと大事に扱ってあげてください。羽根だけ取れるようになってますから。……ほら、こんなふうに」

「うン、うン」

クロミヤの手もとを覗《のぞ》きこんだドーユは、帽子に傷をつけないように爪を引っこめ、そろりそろりと羽だけを頂戴《ちょうだい》して、頭に飾ろうか、服の装飾にしようかと悩む。

「ドーユ、ほかに必要なものがあったら適当に使っていいぞ」

「マキト」

「うん?」

「ありがとウ。ドーユはうれしイ」

「お前が嬉《うれ》しいなら、俺も嬉しいよ」

ドーユはにかっと歯を見せて無邪気に笑ってくれるから、マキトは嬉しい。

帽子も、羽根も、着物も、「マキトの大事」と爪を丸めてそろりそろり、おっかなびっくりに扱い、大事にしてくれるのが嬉しい。

なにより、使ってくれるのが嬉しい。

身を飾ることの好きなドーユに使ってもらえるなら、これらも喜ぶだろう。

「……マキさん、えぇんですか?　あれ、ぜんぶ姐《あね》さんの形見やないですか」

「あぁ、そうだなぁ……」

「形見ってなんダ?」

耳の良いドーユは、金の腕輪を力技でぐにゅりと広げながら尋ねた。

「ちょ……姐さんの形見になんてことを……、ドーユさん、あきません、もっと大事にしたってください」

「そノ、あきませン、てなんダ?　ドーユ、ずっと不思議に思ってタ」

ドーユは「あきません」をとんちきなイントネーションで発音して、小難しい顔を作る。

「大阪弁の敬語です」

「おおさかべんのけいゴ……」

「つ、通じひんのか……えぇと、あきませんていうのは、だめです、め！　って意味です」

「だめなのカ？　マキト……ドーユ、ごめんなさいしたほうがいいカ？」

「いや、しなくていいぞ」

「……マキトさんはドーユさんに甘い」

あっけらかんとしているマキトを仰ぎ見て、クロミヤは呆れ気味に肩で息を吐く。

「箪笥の肥やしになってるよりいいんじゃないか？」

「……マキトさんがえぇて言いはるんやったら、俺はなんも言いませんけど……」

マキトの大切な物。その意味も価値も知らないドーユに渡していいのだろうか。

クロミヤの人間的な感性ではそう思わずにいられない。

「まぁ、死人の残り物をそうとは知らせずに使わされるのはいやかもしれんな。……おい、ドーユ、それ、俺のお袋の形見なんだが、それでもいいか？」

マキトはほんの一瞬の思案もせず、ドーユに問いかけた。

「そんな大事なものドーユにくれるのカ!?」

ドーユは太陽みたいにパッと表情を輝かせて、マキトに飛びついた。

錦の着物の裾をひらりとからげ、孔雀の羽で飾った髪をたわませて、喜びのままマキトの懐に抱き留めてもらう。

「……お前、わりと重いな」

「元気でごはんをいっぱい食うからナ！」

「あぁ、そりゃいいことだ」

健康的な重さに、マキトが笑う。

ドーユを抱いた両腕から「この子は生きている」と実感できる生命力が伝わってくる。

裏表がなくて、屈託なくて、明るいドーユは、マキトの人生に差す光明だ。

まっすぐな気持ちで懐いてくれて、好意を前面に押し出してくれる。それになにより、マキトよりずっと長生きしてくれそうな生命力に溢《あふ》れていて、その力強さが頼もしい。

「このドーユ、お前の母御の着物をもらい受けるゾ。いいナ？」

「ああ、もらってくれ」

「ドーユはマキトのこと好きダ！」

なんでもおおらかなマキトの、度量の深いところが好きだ。キュンキュンくる。

「い、痛いです……ドーユさん……尻尾で俺の顔面叩かんとってください……」

たしたし、ばしばし、ぶんぶん。感情表現の豊かなドーユの尻尾は、元気いっぱい前後左右に揺れて、振れて、クロミヤの顔面をべちべちする。

「クロミヤ、お前、いいオスの下に就いたナ！　こういうのが群れの頭領ダ！　ドーユは
こういうオスが好きダ！　……ということはショクもきっと気に入るナ！　ウン！　気に
入ル！　ドーユはマキトが気に入っタ！」

「物欲で買収されただけじゃないか？　ん、……？　んっ!?」

「んー……っ！」

ドーユはマキトの頬をぎゅっと両手で掴んで自分のほうへ向かせ、唇を重ねた。

優秀なオスには手早く唾をつけておく必要がある。こういう立派なオスはあっという間
にメスが群がって持っていかれるから、早いモノ勝ちだ。

「ドーユが唾つけタ！」

「……お前らの、その本能に正直なところ……すごいな」

「当然ダ！　優秀なオスほど早く売れル！　手に入れる為なら体面など知ったことカ！」

「……男らしい」

「安心しロ、ドーユは気長ダ。マキトの気持ちが固まるまで待っててやル」

「でもお前、向こうへ帰るんだろ？」

「マキト一人くらいならいくらでも養ってやル。ドーユは甲斐性《かいしょう》があるんダ……っひ！」

突然、ドーユは全身の毛を逆立て、マキトの頭をぎゅっと抱えて牙を剥いた。

「……どうした？　……うん？　……クロミヤ、もしかして、いま家電鳴ってるか？」

「………あ、ほんまですね、鳴ってます……」

母屋のほうで固定電話が鳴っていた。

遠くでかすかに鳴り響く呼び出し音が、風に乗ってマキトとクロミヤの耳にも届く。

その音が途切れた瞬間、今度はマキトの携帯電話が鳴り始め、その電子音にびくついたドーユが天井にぶつかるくらい大きく飛び跳ね、しっちゃかめっちゃか廊下を跳ねてマキトの頭によじ上り、「マキト、隠れロ。敵襲だ。ドーユが守ってやル」と得体の知れない仮想敵を警戒し、マキトの肩に座って遠くに潜んでいるやもしれぬ敵を探索し、ぐるぐる、うるうる、喉を鳴らす。

「そういや、こいつらの前で電話は使ってたけど、ずっとマナーモードだったな」

マキトは、着信だけ残してすぐに切れた携帯電話を片手に、もう片方の手でドーユの尻をぽんと叩いて宥《なだ》めてやる。

「……ですね。そろそろご飯が炊けるんで、炊飯器の音量小さくしてきます」

マキトにぴったりくっついて尻尾を逆立てるドーユをこれ以上驚かさないように、クロミヤは台所へ戻った。

「ドーユ、大丈夫か？　敵じゃないからな？　味方からの連絡だ」

「……そのようダ。……ちょびっとだケ……ドーユは無様に取り乱しタ。かっこわるイ」

「いいや。俺を守ろうとしてくれたんだ、立派な心意気だ」

「マキト……」

「うん？　どうした？　そんな惚《ほ》れっぽい目で見て」

「わしゃわしゃしたイ」

「……？」

「マキト、好キ。わしゃわしゃしたイ」

耳に心地良い声でドーユを誉めてくれて、目もとに笑い皺を作ってドーユに流し目をくれて、立派な腕でしっかりドーユの体を抱き留めてくれて、ドーユが動じてもどっしり構えていて、ドーユの気持ちを笑うでもなく、拒むでもなく、どんと受け止めてくれる。

マキトの髪をぐしゃぐしゃのわしゃわしゃに掻き混ぜて、ぎゅうぎゅう抱きしめて、巣穴に詰めこんで乗っかって腰を振りたくって、ドーユのものにしたい。

初めてだ。

ショク以外で、自分のものにしておきたいオスに出会ったの。

＊

マキトの領地は、静かだ。

今宵《こよい》は、ショクの為に存在するような、空気の澄み切った夜。

ショクは、中庭を望む縁側に腰かけていた。冷たい足先を、もっと冷たい沓脱石《くつぬぎいし》に触れさせ、そのすべらかな丸みを楽しみながら、月を浴びる。

昼間、ドーユが庭駆け回って掘り返した土くれで築山ができている。その向こうには、煌々《こうこう》と照り返す月に叢雲《むらくも》がかかり、夜の匂いを孕んだ大気には自然の香りが満ち溢れ、こちらの世界の夜も悪くない……と、そんな気持ちにしてくれる。

ドーユはもう眠っている。いずれは自分たちのいた場所へ戻るとはいえ、新しい棲み家を一日かけて散策して疲れたようだ。

昼の間に、一日かけてドーユが安全確保してくれたお蔭《かげ》で、ショクはゆっくり光合成ができて、すっかり体力も回復した。

だから、ここからはショクの領域。

眠るドーユを守るのはショクの役目。

ドーユは、マキトの寝室の床にクロミヤが用意した羽根布団で巣穴を作り、マキトからもらった着物や宝飾品で自分の身の回りを固めて、くぅくぅぴぃぴぃ眠っている。

すっかり警戒心を解いた様子で、ショクは、こんなにも深く眠るドーユを見るのは久しぶりだった。

「……どれくらいぶり、ダ……？」

なんだか、記憶が曖昧だ。

……そう、曖昧なのだ。

目が醒めたら、もう、こちらの世界にいた。

どうしてそうなったのか、どうやってここまで辿り着いたのか、自らの意志で来たのか、なんらかの作為的な強制力によってここへ来させられたのか、そのあたりの記憶が欠如していて、思い出そうとすればするほど、頭にぼんやりと靄がかかる。

そして、思い出せないことに、ひどく漠然とした不安を抱く。

ショクは、自分の手首に触れて、思案する。そこには、昼間、眠っていたショクの為にと、ドーユが飾ってくれた真珠飾りや絹の飾り紐が巻かれている。

これはドーユとおそろい。

……そして、マキトの母親の形見だ。

「眠れないのか？」

「……驚いタ」

ショクが顔を上げると、すぐ傍《そば》にマキトが立っていた。

ショクが気配を感じられないほど、静かな動作だ。

開け放した襖《ふすま》の向こうの寝室には、こんもりと山になったドーユの巣穴が見える。

ドーユにも気づかれずに起きてくるとは、この男、なかなかの手練《てだ》れだ。

「驚いてるわりには、あんまり表情が変わんねぇな」

「ショクはドーユほど感情表現が豊かではなイ。ドーユは根本が動物、ショクは植物だ」

「あぁ、お前らは動物と植物なんだな。動と静で役割分担してんのか」

「そうダ。昼間にドーユがよく動いた日ハ、夜にショクが起きて働ク」

「暇じゃないか？」

「月光浴をしていれバ、瞬く間に陽は昇ル」

隣に腰を下ろしたマキトを、ちらりと横目で見やる。

昼間、ショクが眠っているうちに、マキトとドーユはとても仲良くなったらしい。

マキトからはドーユの匂いが色濃く漂う。それは風呂に入ったくらいでは拭い去れないもので、匂いひとつで、ドーユがマキトによく懐いているのが伝わってきた。

「ドーユが寝てると静かなもんだな……いや、この家は前からこんなもんなんだが……」

「ドーユがいると騒がしいカ」

「いや、楽しいな。家のなかが明るくなってありがたい。……お前はどうだ？　この家は気に入ったか？　不便があったら……」

「なイ」

ショクは即答した。即答した自分にもすこし驚きで、ドーユだけではなく、自分もこの家がわりと気に入っているのだと客観的に判じた。

「そうか。なら良かった。……俺が見張りをしてるから、お前も眠ってもいいぞ」

「……マキト」

「うん？」

「ショクは屋根の下よりモ、外で眠るのが好きダ」

　空気を孕んだふかふかの土の布団、緑の濃く薫る大きな葉っぱの木蔭、月と星の匂いを孕んだ夜風、時にはしとしとと降り注ぐ雨露、日暮れとともに咲く花の香。

　ショクはそういうものが好きだ。

　そして、そういうものから養分を得る。

　ドーユは肉や魚から力を得るが、ショクは草木や太陽、水があれば充分に生きていける。

「ここハ、あの鉄の檻よりもずっと生きやすイ」

　ショクは立ち上がると裸足で土を踏みしめ、草木の生い茂る庭園を歩く。

　この屋敷は、自分たちの暮らしていた場所と比べればずっと手狭だが、それでもなぜか心は故郷にあるような穏やかさを感じる。

「こういう場所が好ましイ」

　ショクは、つっかけを履いて隣に立つマキトを見上げる。

　魚も眠る池、さらさらと流れる小川、大きな松の木の向こう、石を敷き詰めた小路を進んだ先に、鬱蒼《うっそう》と生い茂った密林のごとき温室がある。庭と温室はまったく趣《いと》が異なるが、混然一体としていて、ショクにはなんだかここがすごく愛しく思えた。

おそらく、この温室を造った者の愛が見え隠れするからだ。

「……親父《おやじ》が造った庭なんだよ」

すこし遠いものを見る目で、マキトが照れ臭そうに笑った。

「マキトの親父殿が造ったのカ」

ショクは庭の垣根の前にしゃがみこみ、明日の朝には芽吹くだろう蕾《つぼみ》に触れる。

「そう。庭師と一緒に土いじりして、石も運んでな……毎日、おふくろに花を渡す生活がしたいって理由で温室も作って……、死ぬまでずっと庭を拡げるって隣の山も買って……結局、親父は死んじまったんだけどな……」

「ショクはここで寝たイ」

夜露に濡れた芝生にころりと寝転び、胸の深くまで息を吸いこむ。

この土や緑に抱かれて眠ったなら、きっと心地良いはずだ。

すぐにショクのお気に入りの場所になる。

「お前は、布団よりも土に葉っぱを敷いて眠るほうが好きなんだな」

「ドーユもそうダ。……まぁ、いまは文明に抗えず羽根布団を気に入っているガ……、マキト、どうしタ？　そんなにショクを見てもなにも変わらんゾ」

「いや、お前もわりとたくさん喋ってくれるんだな……、と思った」

「喋ると喉が渇ク」

「そんな理由か」

「そんな理由ダ」

ショクが至極真面目《まじめ》にそう答えると、マキトが笑った。

なにが面白いのかは分からないけれど、悪気のある笑い方ではないので、好ましかった。

この男は、笑うと目尻に笑い皺ができて、垂れ目になって、可愛いのだ。

「ドーユが起きている時のお前は物静かで、あまり喋らないだろ？」

「喋って欲しいのカ？」

「いいや。そのままでいい」

ドーユが傍にいると、楽しい、嬉しい、気持ちが明るくなる。

ショクが傍にいると、のんびりとした空気があって落ち着くし、心が穏やかになる。

それに、ショクは、時々、天然ボケみたいなことを言うし、セックスの時の仕種《しぐさ》は楚々《そそ》としているようでいやらしく、官能的だ。ぼんやりと眠たげな表情が常だが、マキトが笑うと、ほんのわずか、かすかにではあるけれど、はにかんでくれるのが可愛い。

「お前と一緒にいたら、夜もまた光陰矢の如《ごと》しだな」

ショクと一緒にいると時間はゆっくりに感じるのに、いつの間にか月が傾いている。

「人間は夜眠るものであろウ？」

「ん？　そうだな……まぁ、そうなんだが……もうすこしここにいさせてくれ」

「ん……」

ショクはひとつ頷き、土くれに指先で触れる。

すると、土くれのずっと下から、まだ若い根茎が地面を割って地表へ顔を出し、ショクの指に絡んで蔓を巻き、掌と融合して薄い肉のなかへと潜りこむと、ショクの体内に走る葉脈や血脈と混じって、ショクがこの地へ来たことを歓迎してくれる。

「昼間……驚くほどの数の鳥が庭に来てな」

ショクのその様子を驚きもせず見つめながら、マキトが昼間の話をする。

「ドーユを歓迎しに来たのだろウ」

「山から、狸《たぬき》や狐《きつね》や瓜坊《うりぼう》やら……千客万来だった」

「お前の山が豊かな証拠ダ。……あァ、そうカ……っふフ、そうカ……」

「なんだ？」

くすくすと笑い始めるショクに、マキトが小首を傾げる。

「マキト、お前、この花の下で小便を漏らしたことがあろうだろウ？」

「……なっ、ないぞ？　そんな記憶は……いや、酔っ払った親父が小便したことはあるかもしれんが……」

「狼狽《うろた》えるナ。お前が一歳くらいの頃の話ダ」

「そんなこと覚えてねぇよ」

「でモ、この花は覚えていル。いマ、教えてくれタ」

季節外れの椿《つばき》の蕾が、ひとつ開く。

その花びらに唇で触れると、ひそひそ、マキトの秘密をショクに教えてくれる。

「それ、その花がお前に教えてんのか？」

「あぁ。……たくさン、たくさン、教えてくれル。……うン、あァ、ほラ、マキトの母御が子守唄を唄っていル。金糸雀《カナリア》と琵琶《びわ》と木鼠《きねずみ》と月の唄ダ。ちっちゃいマキトが揺り籠《ゆかご》でゆらゆらされていテ、それを聞いていル。お前の親父殿ハ、お前と母御の為に日傘を持ってやっていル」

「……あぁ、うん……あぁ……」

頷いて、マキトはしゃがみこんだまま俯《うつむ》き、自分の腕で自分の顔を覆い隠した。

マキト自身も忘れていたような、思い出だ。

物心つく前の記憶で、でも、三人でこの椿の垣根の前で撮った写真は残っている。

マキトは、いまのいままで、そんな写真があったことさえ忘れていた。

「うん……あぁ、……懐かしいな……」

こんな気持ちになったのは、何年ぶりだろう。

十年か、二十年か……。

マキトの両親が亡くなったのが十歳の時だから、もう二十五年も前で……。

「この花ハ、昨日のことのようだと言っていル」

まだ年若いマキトが、この庭の、この花の前で、一人でぽつんと立っている姿が見える。

雨が降っても、ずっとそのまま。

何日も、何日も、何日も、ずっと、そのまま。

椿の記憶からは、死者の匂いがする。

そこに、マキトの父母の姿はない。

……これ以上、他人の過去を覗き見るのは失礼だ。

ショクは椿に礼を述べ、それからマキトを見やる。

「これからハ、マキトが眠れぬ夜はショクが唄ってやル」

誰にだって、眠れない夜というのはある。

しゅる、しゅる。細い蔓を一本ばかしマキトのほうへ伸ばして、指先にちょんと触れる。

そしたら、マキトが子供みたいにその蔓をぎゅっと握るから、ショクはしゃがみこんだままマキトのほうへにじにじとにじり寄って、自分の指先で、マキトの指に触れた。

触れた指は、体温の低いショクには火傷しそうなほど熱くて、でも、離せなかった。

「ありがとな」

やっぱり笑い皺の可愛い目もとで、さっきよりもほんのすこし目尻を赤くして、けれども、泣きはせず、マキトは笑った。

これは、ドーユと一緒にいるのとはまた違う感覚。

ショクは、ドーユのように目立つことはないけれど、すとんと落ちるようなことを言う。

それが、たまらなく、マキトを癒《いや》す。

「ショク、お前のお蔭で、俺は久しぶりに自分が誰かの子供だったってことを思い出せたよ」

「お前という男ハ、もうショクに弱さを見せてくれるのカ」

弱みを見せてくれるほどにショクのことを信頼してくれるのか。

なんて男らしいのだろう。

この男の、その、ちょっとした弱さに、ショクはたまらなくなる。

そんな表情を見てしまったら、切なさを覚える。ショクですらこんな気持ちになるのだから、こんなマキトを見たら、きっと、ドーユも見捨てておけないだろう。

だって、ドーユもショクも、家族が悲しい顔をしていたら、傍にいてあげたい。ずっと離れずに守ってあげたい。そう願わずにはいられない性分なのだ。

「この庭な、……普段はクロミヤが枯れ木の掃除や雑草を抜いたりしてくれてんだけど、手入れがおっつかなくてな……」

樹木、池、敷石の手入れなんかは、付き合いの長い庭師に世話を頼んでいるが、なにせ盆も正月もない商売で留守が多いので、日々の手入れは行き届いていない。

「それでもまだ、この庭は昔のことを覚えていてくれるんだな……」

マキト自身も記憶していないような、ずっと昔の家族のことまで、覚えていてくれる。

「マキトの親はなぜ死んダ」

「こういう商売してるからな。それで死んだんだ」

幸いなことに、二人一緒に死んだ。

マキトは両親を一度に失ったけれど、ありがたいことに親類縁者には恵まれていた。親切な叔父《おじ》夫婦に引き取ってもらえて、本当の親子みたいに育ててもらえて、歳の近い従兄弟《いとこ》とも暮らせて、この家もマキトが成人するまで潰さずに守ってもらえて、……だから、いまこうしてドーユが庭を駆けることができて、ショクに思い出話を聞かせてもらうことができている。

「この庭ハ、いい庭ダ」

「お前の庭にしてくれ」

「……いいのカ？」

思い出話ひとつで庭を譲ってもらったのでは、マキトの割に合わない。

「もう増えることのないはずの思い出を増やしてもらえたんだ。その礼だ。この庭は、お前の好きにしてくれていい」

「でハ、ありがたくもらい受けル」

ショクは髪紐をほどくと、長い髪を土に垂らした。

自分の背丈よりも長い髪だ。その艶やかな髪を土くれの下へ潜りこませ、広大な庭の端々まで蔓延《はびこ》った根と融合し、互いの情報を共有し、ショクは己の養分を分け与える。

元気のなかった草木は、星がひとつ瞬く間に、夜目にも鮮やかな瑞々しさを取り戻す。

「お前とショクの庭が生き返ったゾ、マキト」

「……久しぶりに、親父が元気だった頃と同じ景色を見た」

マキトは呆気《あっけ》にとられた様子で、庭を見やった。

けれども、勝手に庭を弄《いじ》られて怒ったふうではなく、口角が持ち上がっていて、宝物を見つけた子供みたいな表情だ。

それからすぐ、「お前、あんなに弱ってたのにこんなことして大丈夫なのか？」とショクを心配して、頬に触れて、髪を撫で梳《す》いた。

「この庭を元気にしてやることくらイ、ショクには造作もなイ」

ふふんと鼻を鳴らし、マキトの掌に頬を寄せる。

ドーユ以外に肌を許したのは、どれほどぶりだろう。

仲の良かった竜や、近くに住んでいた兄弟、それ以外では、おそらく、初めてだ。

こんなふうに、兄弟や竜と同じ感覚ですべてを許すのは……。

ただひとつ違うのは、彼らには、ショクも同じように触れていたということ。

　マキトに対してもそうするのかと問われれば、ショクは、この指先で触れるのが精一杯で……。

「あぁ……、っふふ、……ちがウ……」

　違う、違う。忘れていた。

　もうとっくの昔に、マキトとは肌を重ねたじゃないか。

　とっくの昔に、兄弟や竜と同じほどの距離でいることを許していたじゃないか。

「……ショク？」

「マキトはふしぎ」

　ショクが目もとをやわらかくして微笑み、マキトを見つめる。

　そうして、ショクが、自ら望んでマキトに触れようとした瞬間、ぷしっ！　と地面から水が噴き出た。

　ぎょっとしたショクは、咄嗟《とっさ》にマキトの頭を抱いて庇う。

「……ショク、どうした？　大丈夫か？」

「マキト、だめダ、ここには間欠泉か噴水か敵の罠《わな》が仕掛けてあル。引っ越セ」

　必要とあらば、このショクが敵地に攻め入り、そこを陥落させてお前の新しい領地にしてやるから、こんな危ないところは引っ越せ。

「……すまん。大丈夫だ……それ、自動散水機っていうんだ」

もう夜明けが近い。

決まった時間になると、地中に埋めこんだ機械が、自動的に庭に散水を始める。

マキトは、蚤《のみ》みたいに飛び跳ねてマキトの膝に飛び乗ったショクを抱き留めて、鳥肌の立った肌を撫でて落ち着かせてやる。

ドーユが電子音に驚いたように、ショクも機械的なものには予測がつかないらしい。

いまもマキトの腕のなかで、「これはマキトの親父殿が仕掛けた罠カ……、敵を恐慌させるには有効ダ。……だガ、水、水ダ……水がいっぱい出たらたいヘン……芝生、死んじゃウ……洪水になっちゃウ……」と、びちょびちょになりながらも草花を守ろうと、おろおろしている。

マキトとショクの庭を懸命に守ろうとしてくれている。

「大丈夫、自動で止まる」

「止まるのカ？」

「あぁ、止まる。……ははっ、二人ともびちょ濡れだ」

「……止まるなラ、いイ」

さぁさぁと霧雨のように降り注ぐ水に濡れてマキトが笑うからか、それにつられてショクの口端も持ち上がった。

【2】

ドーユとショクがこの家に来て、数日が経った。

クロミヤは、いつもの習慣で夕食の片づけと終《しま》い湯をもらって風呂掃除をした後、洗濯機を回してから、車の鍵《かぎ》を片手に財布を持ち、冷蔵庫とパントリーを確認していた。

「クロミヤ、出かけるのか？」

「あ、マキさん。……すんません、ちょっと出かけてきます」

「この夜中にか？」

「思ったよりも食料の減りが早いんで、ちょっと街まで行って買い足してきます」

「車で行くのか？」

「はい。荷物がようさんになる予定なんで……なんやお使いありましたら一緒に買うてきますけど……」

「いや、それはない。けどまぁ、明日にしとけ。明日の午前中なら手伝ってやれる」

マキトは、クロミヤの手から車の鍵をするりと奪いとった。

「一人で大丈夫ですよ。……最近、ドーユさんとショクさんの面倒見すぎで心配性になってはるんとちゃいますか」

あの二匹は、一時も目が離せない。

こっちの世界に慣れていないから危なげなところもあるし、それにも増してあの二人は天真爛漫《てんしんらんまん》で、純真無垢《むく》で、気がついたら目も心も奪われていてドキドキハラハラする。

「お前、こっちに帰ってきてから家事増えただろ」

「二人も四人もたいして変わらしませんよ」

クロミヤは、この家にいる限り、家事も掃除もぜんぶ担当している。

クロミヤ以外の三人は、家事が不得手だ。

マキトはひと通りのことはこなせるが、クロミヤが絶対にそんなことをさせない。

ドーユとショクにお手伝いをしてもらうのは無理があるし、そういう環境で育っていないのに無理強いするのも可哀想だ。今後、もしドーユとショクが家事に興味を示したら、その時は手伝ってもらおうと考えている。

「夜は出歩くな。危ない」

「……マキさん、俺、もう二十歳ですよ……。あー……昼間にかかってきた電話、もしかせんでも、ドーユさんとショクさんのことですか？」

「あぁ。明日の夜、出かけることになった」

「お相手と場所は？」

「キタのいつもの店だ。モリルと会う」

「モリルってカンパニーと繋がりがあるって噂《うわさ》が……」

「だから余計にな。情報筋としちゃ、まぁ信用できるほうだし、こっちから水を向ければ尻尾を出すやもしれん。カンパニーがドーユとショクを監禁してたってことは、あの二人を捕まえた場所や理由、向こうへ戻す方法も知ってるかもしれねぇだろ？」

「俺も一緒に……」

「事務所で待ってろ。お前は、事務所でドーユとショクの面倒を見ててくれ」

「…………」

「不服そうだな？」

「そんなことあらしませんけど……」

「けど……？」

「マキさんの傍におりたいです」

いざという時に、マキトを守る盾にも矛にもなれず、マキトから離れた場所でドーユとショクの面倒を見ているなんて……、それではクロミヤの存在する意味がない。

マキトは、ドーユとショクをすごく気に入っていて、可愛がっている。それは分かるけれど、だからといって自分も同じように接することができるかといえば……。

「……あぁそうだ、話は変わるけどな、通いの家政婦でも雇うか？　お前一人じゃ大変だろ。空木組には金に困ってる若手もいるからな……嫁さんの働き口も探してたし……」

「あきません、これは俺の仕事です。それに、あぁ見えてドーユさんとショクさんは人見知りが激しいですし、よその人に見られたら騒ぎになります。マキさんも、ドーユさんとショクさんがわりといろんなことで怯えはるの知ってはるでしょ？」

「あぁ……」

ドーユもショクも好奇心旺盛《おうせい》だが、人間そのものや人間社会の文明には臆病《おくびょう》だ。テレビ、電話、船のモーター音、機械的な物事に怯えを抱く。抱くけれども興味もあるようで、電話を分解したり、テレビをバンバン叩いたり、「ご飯が炊けました！」と報《しら》せてくれる炊飯器に「ありがとウ！」と礼を言っていたから、いずれは慣れるだろう。

慣れるだろうが、人間についてはまた話が別だ。

人間に対する最初の印象が悪すぎた。

マキトやクロミヤに懐いてくれたのが奇跡だと思わなくてはいけない。

マキトとクロミヤ以外は、おそらく、まだだめだ。

「それにですね、ドーユさんは肉をぎょうさん食べはりますけど、飼料とかによっては食べはれへんし、ショクさんは井戸水と川の水は飲まはりますけど、水道水はいやがるんですよ。ご飯の時も味付けはほとんどナシで、野菜と果物中心にせんとあきませんし……」

「お前すごいな……たった数日でよくそこまで把握したな」

「そら世話係ですから」

「ありがとうな。助かる」

「……いえ」

クロミヤは、熱心に語りすぎた自分を恥じて、俯く。

マキトの役に立てればそれだけで嬉しいはずなのに、誉めてもらおうという意識が働いたのか、自分の努力を認めてもらいたかったのか、自分をすこしでも良く見せたかったのか、それとも単純にドーユとショクの可愛さに張り合ってしまったのか……。

いつもより自己主張が激しくて、言葉数も多くなってしまった。

「とりあえず、無理だけはしてくれるなよ」

マキトの手がクロミヤの頬に触れ、親指の腹で目の下の隈《くま》を指摘する。

「……は、いえ……うん、……はい」

マキトからこんなことをされたのは、初めてだ。

マキトと暮らし始めて十年近く経つが、こういう触れ方をされたことはない。

ドーユとショクは、息をするのと同じ感覚で、いつもずっと肌や手指や尻尾を触れ合わせているから、その感覚に馴染んできたマキトもスキンシップが増えたし、二人に接するのと同じ距離感でクロミヤにも接してきて、いままでとはなにか違う。

「……マキさん」

「あぁ、すまん。とにかく、当分は用心して、夜は出歩くな、お前も早く寝ろ。……お前はよく働いてくれるが、ちょっと無理するところがあるから」

「あ、りがとうございます……気をつけます」

マキトは、ドーユとショクのことだけじゃなくて、ちゃんと自分のことも見てくれる。

こういう時に、だめだなぁ、自分はまだまだ子供だなぁ、と落ちこんでしまう。

主人を喜ばせることが下僕の役目なのに、こうして、主人に心配をかけて、そのうえ、喜びまで与えてもらっている。

「クロミヤ？　……お前ほんとに大丈夫か？」

「……大丈夫です。それよりマキさん、寝酒とりに来たんでしょ？」

「あぁ、寝室に置いてた酒……知らないか？」

「ドーユさんが間違えて一気呑みしそうになったんで、こっちに避難させました。準備して持ってきますから、先に寝室に行っといてください。……それと、もし、ドーユさんとショクさんに酒をねだられたら、深酒させんようにしてくださいね。あの子ら、成人してんのかどうかも分からんのですから……」

クロミヤは矢継ぎ早にまくしたてて、マキトの背を押して台所から追い出した。

「クロミヤ、明日の朝メシは……」

「マキさんの好きな和食にします」

「お前は俺に甘いな」

「おべっか言うても、酒の量は増やしません」

マキトの後ろ姿にそう声をかけ、クロミヤは台所へとって返すと酒の準備をした。

今日は夕飯の時にも呑んでいたし、風呂上がりにも呑んでいた。マキトは、いつも寝酒はロックか生《き》のままで呑むことを好むけれど、今夜は水割りにしてもらおう。

「せや、なんぞアテでも……、あー……やっぱり買いもん行っといたらよかった……」

空っぽに近い冷蔵庫を見て、酒の肴《さかな》になりそうなものを探す。

チーズやクラッカー、シュペックやオリーブ、ピクルス、蜂蜜《はちみつ》を絡めたナッツ。

それらと水を添えて、「夜食にしては塩分濃度が高い……やっぱりハム類は減らすか、いや、でも、ドーユさんは夜食とかおやつ大好きやし、ショクさんはナッツ類やったらようけ食べてくれるから、塩気のないナッツ類も増やしたほうがえぇかな……」などと思案して、三人分を皿に盛りつけ、酒と一緒に配膳《はいぜん》盆に乗せて母屋まで運んだ。

「…………」

主寝室のガラス障子を開けなくても、三人がそこでなにをしているか分かった。

泣き濡れた獣の声が響く。湿っぽく艶やかなかすれ声も響く。それに混じって、オス臭い息遣いが漏れ聞こえ、磨《す》りガラスの障子に、三つの影が映る。

ひときわ大きな喘ぎが、クロミヤの鼓膜を打つ。

ただそれだけで、クロミヤは自分まで絶頂を迎えたような感覚に襲われて、手に持ったお盆を落としそうになり、慌ててそれを廊下へ置いた。

いつでもこの場を立ち去れるように踵《かかと》は上げたまま、廊下に膝と足指の付け根だけをついて座り、でも、ガラス障子の向こうへ声をかけることはできず、事の終わるタイミングを見計らって……、こんなものすぐに終わるはずがないのに、そんなこと分かっているはずなのに、でもなぜか動けなくて……。

「マキ、ト……っ、マキト、っ……っぁ、あ、ぉおあ……」

ドーユが悲鳴を上げる。

絶対に、いま、腹のなかに入ってる。そんな声だ。

「っ、ん、ぁ、ぁー……ぉ、ぁ……あー……」

絶対に、いま、抜かれてる。入ってく時よりも、声が甘い。

「ゆっくリ、ゆっくりいれロ……おク、ぐっテ、押しテ……っぉ、おぁ、あっ」

ドーユは、ゆっくりハメてもらうのが好きなんだと、思う。

奥までずっぷり嵌めてもらったら、前後運動じゃなくて、行き止まりのところをぐりぐり潰されながら、にちにち捏《こ》ね回されて、それから早めに引き抜かれるのが好き。

ずるりと抜かれる瞬間に、ドーユが身を固くするのが分かる。

「んぁ、っ……ぷァ、っん、っんン、ンッ」

ショクは、たぶん、入れてもらうのも好きだけど、舐めたりしゃぶったりするのが好き。

マキトとドーユの繋がっているところを、長い舌で、飽きもせず、ずっと舐めている。

舐めながら、マキトの手で後ろを可愛がってもらうと、控えめに喘ぐ。

ショクは長い前戯がお気に入りで、身も心もとろとろになってからドーユと唇を重ねて
マキトと繋がることを好み、柳のような腰でのたうち、細くたおやかな足先をぴんと張って、声もなく極まる。

「は、ぁ……あ、っぁー……、ぁー……」

ショクは、呆《ほう》けたような、陶酔したような、快楽に弱い声を上げる。

すごく、すごく、気持ちいいのだと思う。

ガラス障子を一枚隔てているのに、三人の汗や、色香や、体臭が、クロミヤの鼻腔《びこう》をくすぐり、交わる音が鼓膜を打ち、濃密な情欲の気配で、クロミヤの劣情を煽《あお》り立てる。

三人分の吐息でより曇った磨りガラスに三つの影が溶けこむ。

もつれあって、ぐちゃぐちゃで、境界線がぼやけて、時々、尻尾や蔓草の影が映りこみ、それらがマキトの背や太腿に絡む。

まるで、人間が獣や草木を食い散らかし、獣と草木が人間を取りこもうとしているようで、恐ろしいのに美しい影絵を見せられているようで……。

「ひっ……ぅ……っ、ぁ……」

窃視癖などないはずなのに、クロミヤの息が上がっていく。

いつでもここから立ち去れるように踵を上げていたのに、いつの間にか、ぺたんと尻を落としてしまっていて、じっとガラスの向こうを凝視したまま、肉の打ちつけられる音にびくんと肩を震わせ、「おら、股開け」とドーユの足を持ち上げるマキトの動きに自分の足が開きそうになり、「あっ」と叫ぶショクの悲鳴に合わせて、自分の股間《こかん》を濡らす。

爛《ただ》れた空気に囚《とら》われて、ぼんやりといつまでもその場に留《とど》まってしまう。

曇りガラス一枚向こうで、三人が睦言を交わして、くすくすと笑っている。

とても楽しそうで、なにやら嬉しそうで、幸せそうで、さっきまであんなに激しく交わっていたのに、いまはなんだか穏やかで、満ち足りた雰囲気が伝わってくる。

三人で、幸せそうにしている。

それがなんだかクロミヤは……。

「マキト、お前の犬がいル」

かたりと音を立てて、ドーユがガラス障子を引いた。

「……っ」

正座したままクロミヤは顔を上げる。

ちょうど、クロミヤの眼前にドーユの股間があった。

筋肉質な太腿の間で、実にオスらしい立派な一物がゆるく勃起している。ヒトとは違う形をしていて、獣臭く、触れてもないのに、ひくんと揺れて、ひどく淫《みだ》らだ。

内腿にはマキトの出した精液が伝い、こぷっ、と泡を立てて尻から垂れこぼれる。たくさん出してもらったのか、内腿から足首まで伝い、畳のへりに水溜《みずた》まりができていた。

ドーユは、自分の手で自分の尻を揉み、さっきまでマキトが入っていた穴を指でぐちゅぐちゅと掻き回して、もう一度マキトに挿れてもらう為に、やわらかい肉を仕込んでいる。

その向こうには、マキトの膝に乗っかって陰茎をしゃぶりながら、マキトの足で自慰をするショクが見える。

三人分の体臭が混じって、すごく甘くて、オス臭くて……。

「…………ミヤ……、クロミヤ、……クロミヤ！」

「……は、いっ！」

強めにドーユに呼ばれて、クロミヤはドーユへ視線を戻した。

「混ざるカ？」

「混ざるカ、と訊《き》いてやっていル」

「……え」

「……っひ、ぅ」

勃起した陰茎をドーユの足で踏まれ、頬にマキトのザーメンを塗りつけられる。

クロミヤの目の前でドーユが自分の陰茎を扱いて、その太い竿でクロミヤの頬をべちんと殴った。

クロミヤは、咄嗟にマキトに助けを求めようと視線をそちらへ向けそうになって、でも、尊敬する人の濡れ場を見るのはなんだかいけないことのような気がして、慌てて目線を自分の股間へ落とすと、爪を丸めたドーユの足を凝視しながら、「混ざりません！　これ、酒です！」とドーユにお盆ごと押しつけて、逃げた。

大急ぎで、大慌てで、でも前屈《まえかが》みで、濡れた下着が気持ち悪いのを感じながら、逃げた。

背後で、「なんでマキトはクロミヤと交尾しないんダ？」と尋ねるドーユの声が聞こえた。マキトが、それにどう答えたかは聞こえなかった。

聞こえる前に廊下を走って自分の部屋へ逃げこんだから、聞こえなかった。

「ちがう！」

クロミヤは、自室の布団に突っ伏して叫んだ。

ドーユやショクに聞こえないように、布団を消音剤にして、叫んだ。

ちがう、ちがう、ちがう。マキトのことはそういう対象として見ていない。

マキトのことは大好きだけど、それは行き場のない自分の面倒を見てくれた人だからであって、尊敬する人だから好きなのであって、性的な欲望を向けたことはない。

……ない、はずだ。

「ちがう、だって、思春期のは……計算に入らない……ちがう……」

きちんと畳んで隅に置いていた布団をぐちゃぐちゃに引っ張って、頭からかぶる。

マキトを神聖視こそすれ、性的な対象としては見ていない。

けれども、クロミヤは、中学生になったあたりから、マキトに抱かれることを想像して抜いたりしていたのもまた事実だ。

それに、いま目にしたばかりのドーユの中太りした陰茎だとか、ショクの馬みたいな陰茎だとか、それに引けをとらないマキトの一物だとか、あんな立派なものを持っているのにマキトに抱かれている二人だとか、あんな立派なものを持つ二人を抱いているマキトの裸だとか、ドーユとショクの肉に埋もれて淫液にまみれたマキトの陰茎だとか、もうそれこそ痴女みたいにさっきの一場面をくっきりはっきりまざまざと思い出してしまい、「ちがう、ちがう……」と必死になって何度も自分に言い聞かせて、……なのに、クロミヤの両手はベルトを外して、ズボンのジッパーを下ろし、自慰を始めてしまっている。

ぎゅっと目を閉じれば閉じるほど、さっきのほんの数秒の場面がひどく鮮明に再生されて、手の中の陰茎が痛いほど勃起する。

「……ひっ、ぅ……っぁ、ン、ぅ……ぅう……」

にちゃにちゃと糸を引いて、どくどくと脈打ち、必死になって扱くけれど、収まらない。

悲しいやら気持ちいいやら悔しいやらで訳が分からない。

でも、クロミヤをもっとも苛《さいな》む感情は、マキトと短時間であんなふうに仲良くなれて、交尾するくらいの距離感になれて、一緒のベッドで眠るくらい親密になれて、素直にいろんなことをマキトにねだれて、なにをしても許されるあの二匹が羨《うらや》ましいという感情だ。

「……ちがう」

我儘《わがまま》な自分の感情に、クロミヤは目の奥が熱くなる。

違う、この俺がそんなふうに思うはずない。尊敬する人をそんなふうに思ってはいけないし、ドーユやショクとそんなことで張り合う必要はない。

だって、自分はもう十年近くマキトと一緒に暮らしていて、仕事も手伝わせてもらっていて、これからも舎弟として尽くしていけるのだから、あの二人と自分を比べるのは違う。

違うのに……。

いままで、マキトとクロミヤの二人だけの関係性で、二人だけの生活で、二人だけで終わると思っていた人生なのに、ドーユとショクの二人が入ったせいで、自分の居場所がとられたような気がして悲しい。

新参者が群れに入ってきたせいで、古参の自分が追い出されそうで不安。

大体にして、最初からマキトのことをマキトと呼び捨てにして、タメ口を利いて、マキトもそれを許していて……。

でも、そんなこと言えない。そんな女々しいこと、言えない。

だめだ、こんなんじゃマキさんに愛想を尽かされる。

でも、それさえ言えなくて、いままでは自分の気持ちをマキトに伝えられなくても苦しくも悲しくもつらくもなかったのに、いまは、それが苦しいし、悲しいし、つらい。

ドーユとショクが羨ましい。羨ましいと思う自分が浅ましい。浅ましい自分を悟られたくなくて苦しい。苦しいけれど、伝えられない。伝えられないのに、分かって欲しい。分かって欲しいのに、分かってもらって幻滅されるのがいやで、動けない。

動けないのに、体だけは……熱を孕む。

＊

おでかけだ。

陽が暮れてから、ドーユとショクはクロミヤが運転する車に乗って外へ出た。

もちろんマキトも一緒だ。

道を走る車のタイヤ音も、エンジン音も、風を切る音も、クラクションも、ぜんぶがうるさくてたまらず、ドーユとショクは後部座席で互いの耳を塞いでいた。

「ここはどこダ？　マキトの城よりうるさイ」

「鼻が曲がりそうダ。臭イ」

車中の二匹が文句を言い続けて、ようやく到着したのは随分と住みづらそうな街だ。

「ここはな、大阪の梅田《うめだ》って場所にある俺の事務所だ。まぁ、明日の朝には家に戻れるから、うるさいのも空気が悪いのもちょっとばかし辛抱してくれ」

「マキトは出かけるのカ」

「おう。ちょっと知り合いと呑んでくる。すぐに帰ってくるから、クロミヤの言うことをよく聞いて、ここから出ずにおとなしく待っててくれ」

「気をつけて行ってこイ」

「帰りを待っていル」

ドーユとショクの接吻《せっぷん》を両頬に受けて、マキトは夜の街に出かけていった。

事務所というのは、細い路地の奥まったところにある雑居ビルで、レンガ造りの五階建て。裏は駐車場。最上階にあるマキトの事務所以外、テナントは入っていない。

こちらは金貸しのほうではなく、空木組の下請け業務の為だけに使っているビルで、名義もマキトだ。従業員はいない。申し訳程度に社長机と応接セットを置いていて、扉の向こうには給湯室、反対側には事務室兼金庫室があるだけだ。

「ここ、埃っぽイ。外から不味《まず》そうなご飯の匂いがすル……吐瀉物《としゃぶつ》ダ」

ドーユは、マキトの匂いがする社長椅子《いす》にどしんと腰を落ち着けるなり、鼻先をひくつかせて顔を歪める。

「あれは光合成がしにくイ」

ショクはソファへ横になると、社長椅子の向こうの窓ガラスに映る安っぽいネオンを見つめ、そうぼやく。

「辛抱してください。ほら、二人とも早よ手洗いうがいして、おやつにしますよ」

久しぶりに事務所へ来たついでに掃除を始めたクロミヤは、どうにも機嫌が悪い。

いつもなら、クロミヤもマキトの呑みにひっついて行くらしいが、今夜はドーユとショクのお守りがあるので、マキトの傍を離れることになったのが不満らしい。

クロミヤは、平時にマキトが商売女を抱く時でも同じ部屋にいるくらい心配性だから、マキトから一時でも離れるのがすごくいやに違いない。

「クロ、ご機嫌斜メ」

「あれは不本意だという顔ダ」

クロミヤの苛立ちが、ドーユとショクにもひしひしと伝わってきた。

でも、クロミヤは二人に当たったりしないし、文句も言わない。ただちょっと落ち着きがなくて、心配そうに携帯電話を見たり、窓から裏の駐車場を確認したりするだけだ。

「クロミヤ、そんなに苛立つナ。愛《う》い顔が台無しゾ？」

「情報屋との面会というのハ、斯様《かよう》に深刻なものカ？」

「深刻です。マキさん、今日はカンパニーと繋がりのある情報屋と会ってはるんです」

「単独でカ」

「単独で、です」

「それは心配ダ。マキトはクロミヤのほかに連れ歩く従者はおらんのカ」

「舎弟は俺だけです」

「では心配も尚《なお》いっそうだナ。それでクロミヤは苛々していたのカ」

「いざという時にマキさんのこと守られへんのいやでしょ？」

二匹の問いかけに、マキトは植木の水やりの手を止めて答えた。

「いいこダ」

「従者の鑑《かがみ》だナ」

「こういう忠実な子が群れに一人いたラ、信頼できるナ」

「安心して銃後を守ってもらえるナ」

この子はご飯を作るのも上手だし、お風呂のお湯加減も絶妙だし、寝床はいつもふかふかにしてくれるし、歯磨きをする時にハッカ味の歯磨き粉をつけさせられるのだけは勘弁して欲しいが、休みなくよく働くし、洗濯は丁寧だし、気がついたらいつも掃除をしているし、それになによりあるじに対して敬意を払っていて、いつも健気に尽くす。

「マキトはいい犬を飼っていル。どこの犬種だろウ。ドーユはこういうのを飼いたイ。欲しイ。すごくすごく欲しイ」

「マキトが帰ってきたラ、どこでコレを見つけたか教えてもらえばいイ。こういうのばっかり育つ地域があるなラ、襲って奪おウ」

　ドーユとショクの為に桃の皮を剝いているクロミヤをちらりと見やり、舌なめずりする。

　このクロミヤという犬は、体は丈夫そうで、肌や髪の色艶は健康的で、体力もありそうだ。しかも、腰回りの肉づきを見るにそちらの経験も浅く、生娘で、オスもメスも知らなさそうだし、さらにそのうえまだまだ年若く、開発のし甲斐もある。

「ドーユさんとショクさんて……、時々、俺のことハムとかステーキとか肉の塊を見るのと同じ目で見てきはりますけど、おいしあらしませんよ」

　クロミヤは、なにやらよからぬことを考えている二匹に苦笑して、その口に桃の果肉を押しこむ。

「おぃひぃ」

「かんろ」

　やわらかい果肉を、ぐじゅ、と舌と上顎で潰して、二匹は舌鼓を打つ。ソファに座るクロミヤの足もとにちょこんと犬座りして、次の桃をもらえるのをお行儀良く待った。

「……ウン？　クロミヤ、お前、地毛は金色カ？」

「……すごいですね、よぉ分かりましたね」

　ドーユに指摘されて、クロミヤは皿の上で桃を切りながら答えた。

「なぜ赤毛にしていル。目の色は緑なのだからラ、金に戻セ。そのほうがショクは好きダ」

「染めてるんです。あんまり金髪好きやないんですよ」

ふた切れ目の桃を二匹の唇に押し当てると、二匹はそれをちゅるりと舌で巻きこんで口腔《こう》の奥へ引きこむ。

「赤毛はやめロ。ドーユとショクは金色がお好みダ。お友達ニ、金色の目と髪でなかなか立派な竜がいル」

「それニ、金色は宝物の色ダ。髪は身を飾る道具ダ。せっかくきれいな色をしているのだから、元の色に戻セ」

「髪は身を飾る道具やなくて、頭皮を守るもんやと思うんですが……ドーユさん、ショクさん……あきません、指、舐めんとって……っ、くださ、ぃ……」

くちくち、ぐちぐち。肉厚の舌が、指の付け根から爪先までをぞろりと舐める。薄くて長い舌は、水掻きに溜まった果汁を舐め啜り、爪の生え際までしゃぶる。

「金色にしロ」

「するまで離さなイ」

「桃、あげませんよ」

「お前の指がふやけてふにゃふにゃになるまで舐めてやル」

「ドーユとショクの舌で射精させてやル」

「……わっ、分かりました、分かりましたから、その、指の関節のとこ、ふにゃふにゃ噛まんとってください……ショクさんも、舌ひっこめてください。よだれが手首まで……」

ぞわぞわして、座っているのに腰砕けになってソファから滑り落ちそうになる。

「よシ、約束だゾ」

「約束を違《たが》えたラ、指だけで達するような体にしてやるからナ」

「……髪が伸びるのにちょっと時間かかるんで、気長に待っとってください……」

ちゅぽん。二人の口から指を引き抜き、桃の乗った皿を二人の前に出す。

二人は、その桃を唇で食《は》み、そのまま飲みこめばいいのに唇を重ねて互いの口内で行き交わしている。そうして食べるほうが美味しいと言わんばかりに。

そして、わざとそうしてクロミヤを煽っている。

「クロミヤ」

「はいはい、なんですか、もう……っん、ンんっ！」

給湯室で包丁を洗っていたクロミヤにドーユが飛びつき、唇を重ねる。

ぐずぐずの桃がクロミヤの舌の上でとろりと蕩《とろ》け、ドーユの唾液と一緒に喉の奥へ流れて、胃の腑《ふ》へ落ちる。クロミヤが、ぷぁ、とドーユの唇から逃れると、次は、待ち構えていたかのようにショクが唇を奪い、息継ぐ暇もないくちづけを与える。

「まっ……ふぇ……っん、ぅ……ぅ……んぐ、ぅ！」

「クロミヤはかわいイ」

「マキトとはまた違うかわいさがあル」

二人がかりでのしかかり、給湯室の床に押し倒す。

「あぶない、あきません、ドーユさん、ショクさん！　いうことききいて……」

クロミヤは包丁を握った手を頭上に上げて、ばたばたもがいた。

もがくけれど、ドーユとショクを怪我させないように控えめな抵抗なのが可愛い。

その思いやりは、ドーユとショクがマキトからの預かり物だからという理由だけではなく、クロミヤ本人の意思で、ドーユとショクを大事に思ってくれている証拠だ。

時々、マキトと一緒にいるドーユとショクを羨ましそうな目で見ているけれど、それさえも可愛くて、いじらしい。

「かわいイ。ケツを出セ」

「かわいいからかわいがってやル」

「だぁっ……もう！　なんでそないに即物的なんですか！」

「かわいいものは早めに愛《め》でてやらんと他のオスに奪られル」

「こういうのは早いもの勝ちダ……っ……ひゃア‼」

ドーユとショクは二人同時に飛び上がってクロミヤから離れた。

クロミヤの上着のポケットに入っていた携帯電話が鳴ったのだ。

「……たっ、助かった……、ちょっとドーユさん、ショクさん、お説教はあとでしますからね。そこでおっちんして待っとってください、えぇですね」

早口でそう言って、クロミヤは電話に出た。

ドーユとショクは、おっちんの意味が分からなくて二匹同時に左右へ小首を傾げ、こつんと頭をぶつけるけれど、たぶん、「座っていろ」という意味だと理解して、クロミヤの足もとで前足をそろえて伏せをした。

クロミヤの電話相手は知り合いのようだ。打ち解けた様子ではないけれど、まったくの見ず知らずを相手にするような口振りでもない。

話を始めるや否や、クロミヤの表情は見る間に変わり、うろうろと歩きながら話し続け、給湯室を出てネオン街を見渡せる窓の外を見やり、それからまた給湯室へ戻ってきて、小窓から駐車場のある裏口を確認し、今度は給湯室の反対側にある事務室の扉を開くと、また戻ってきて事務所の出入り口の扉を開けた。

その時にはもうクロミヤの表情は険しいものになっていた。

血相を変えたクロミヤは電話を終えるなり事務所を出ようとして、すぐにドーユとショクのことを思い出して引き返してきた。

「お二人とも、俺の言うこと聞いて、ちょっとここでじっとできますか？　太陽が昇って明るくなったら、マキさん絶対に戻ってきますから、この部屋でじっとしててください。

マキさんが鍵を開けますから、それまで喋るのも、暴れて走り回るのも、お水あそびも、誰かが訪ねてきても応じるのもあきません」

クロミヤは真剣な様子で二人に言い聞かせ、事務室の奥、大きな金庫のなかに二人を隠すと、単独で事務所を出た。

ドーユとショクはちゃんと言うことを聞いて、じっとしていた。

「ショク、見えるカ」

「んー……金属が邪魔だガ、……見えるには見えル。……裏の駐車場？　とやらに車止めの花壇があル……そこと繋がっタ。……ドーユ、左目を寄越せ」

ショクとドーユは双子。二人の感覚はすべて繋げられる。

魂魄《こんぱく》そのものが繋がった二匹は、脳が処理する情報のすべてを共有できる。

二人の視界が重なると、ビル内を縦横無尽に走るショクの食虫植物から得た情報がドーユの脳内へと伝達され、二人の見ているものはまったく同じものとなる。

ショクは髪のひと筋を金庫の鍵穴から外へ出し、事務所、外廊下、階段へと忍ばせ、雷撃と同じ速さでビル内を移動させ、建物のあちこちに置かれた観葉植物や、建材に使われている木材を媒介にして、クロミヤの動きを把握すると同時に、それもまたドーユと共有する。

事務所を出たクロミヤは階段を駆け下り、裏へ回ると駐車場へ向かっていた。

そこには、見慣れない車が停まっている。

マキトたちと一緒に来た時にはなかった車だ。

「クロミヤの電話相手ハ、……やばい奴がそっちへ向かっていル、もうすぐマキトが戻るはずダ、気をつけロ……とクロミヤに忠告していタ」

クロミヤはドーユやショクに聞かせないように、周辺に敵はいないか確認しながら別室へ移動したり、小声で話したりしていたが、その程度ではドーユの聴覚は誤魔化《ごまか》せない。

「クロミヤはそれを退治しに行ったのカ？　……ドーユ、クロミヤが動いタ」

ショクの言葉で、ドーユは視界に集中する。

ビルの死角から駐車場の様子を窺《うかが》っていたクロミヤは、周囲にひと気がないのを確認すると、そのワゴン車の運転席の窓をノックして、運転手に話しかけた。

「ユキシロマキトは留守だ、ここには戻ってこない」

ドーユの耳は、クロミヤがそう言うのを聞いた。

「お前は誰だ？」

「マキさんの鉄砲玉だよ」

運転席の男に尋ねられたクロミヤは、その男の顔面に右手のナイフを突き立てる。

同時に、左手の銃で助手席の男も撃ち殺す。

きん、と闇をつんざく銃声に、ショクは反射的にドーユの耳を触手で塞いだ。

大砲よりは小さな音だけれども、この音は戦争の音だ。

ドーユも、ショクも、この音は、嫌いだ。

特にドーユは耳がいいから、戦争中、この音にひどく悩まされた。

まさか、こんな平和そうな世界でもこの音を聞く破目になるとは……。

ショクは歯噛みしながら、続けざまの発砲音を聞く。

ワゴン車の後部座席に隠れていた男がクロミヤに発砲したのだ。

その弾丸は、クロミヤの腹を掠める。

その時点で、ドーユとショクはクロミヤの言いつけを破った。

鍵付きの金庫を蹴り壊して事務所を飛び出し、物の散乱した廊下に躍り出る。

薄暗い階段の、その踊り場まで飛び下りた二匹は、四つ脚で着地し、「ドーユ、先に行ケ！　ここダ！」とショクが出窓をぶち破り、ドーユがそこから駐車場へ飛ぶ。

腹を撃たれたクロミヤは、後部座席の男を駐車場へ引きずり出し、もつれ合いながら地面を転がり、殴り合う。

その背後で、かすかに息の残っていた助手席の男が、クロミヤの背中を狙った。

「クロミヤ、伏せロ！」

ドーユの怒声を受け、クロミヤは考えるより先に身を伏せた。

ドーユは助手席の男の首をへし折り、クロミヤの襟首を摑んで自分の後ろへ庇う。

その頃にはショクも到着していて、クロミヤと殴り合っていた男の四肢を触手で拘束し、なにか甘ったるい匂いを嗅《か》がせて、戦意を喪失させている。

「ドーユさん、ショクさん……なんで出てくるんですか！　じっとしてるって約束したやないですか！」

クロミヤは立ち上がるなり、ドーユの肩を摑んで怒鳴った。

「わ……」

「……怒っタ」

えらい剣幕のクロミヤに、ドーユとショクは驚く。

クロミヤは二人に怪我がないかを確かめ、「五階から飛び下りたらあかんでしょ！」と叱りつける。

「でもおっきい音したかラ！」

「クロ、こわい顔してたかラ！」

「戦争の時の音がしたかラ！」

「大砲が当たったらクロ死んじゃウ！」

「せやかて……もうっ、あかんでしょ……二人に怪我させたら、俺、マキさんに合わせる顔あらへんのですから……」

クロミヤは二人をぎゅっと抱きしめて、怪我がなかったことに深く安堵《あんど》する。

「……この者たちガ、クロミヤを助けに行ったほうがいいと教えてくれタ」

ぎゅうぎゅうと抱きしめられたショクは、駐車場の花壇を見やった。

「この者……？」

「そこの花と植物が騒いダ。……クロちゃんが大変だヨ、助けてあげテ。クロちゃんは駐車場のお花にもお水をくれるいい子なのに殺されちゃうヨ……とショクに教えてくれタ」

「……お花とお話ししたんですか……」

「そうダ。お花とお話をしタ」

「……メルヘンや。いや、それより、おおきにです、助けてくれて……」

「構わン、マキトの犬はドーユの犬ダ」

「そうダ。ドーユの犬はショクの犬ダ」

おっきくて、かわいい犬。あったかい両腕でドーユとショクをぎゅうぎゅう抱きしめてくれて、身内を守る為に命懸けで戦った立派な犬。

これはもうドーユとショクの犬も同然だ。

「ところでクロ、アレはマキトの命を狙ったのカ？」

「そうです」

「マキトを殺そうとする敵をやっつけたクロえらイ」

「眷属《けんぞく》の鑑！」

「これは殺ス？　殺すカ？」

クロミヤにべったりくっついた二匹は、真っ暗闇で両眼を光らせ、ぺろりと舌なめずりして奥歯を噛み鳴らし、かすかに息のある男を見やる。

「殺しますよ。そんで、埋めます」

「もっといい方法があル」

「このショクソジェントがしてやル」

「このドーユジェントがしてやル」

人外らしい様子で、口端が裂けそうなほど二匹が笑う。

ドーユが死肉をおおまかに喰い千切り、ごくんと腹に納め、ショクが酸性の強い樹液で骨まで溶かし、アスファルトや車のシートに散った肉片、ドーユの食べ残し、血液などを植物の根で啜る。こうして、二匹はあっという間に自分の養分にしてしまった。

「便利っすね」

「だろウ？」

「これが竜や電算機ならラ、脳髄から情報を得られるのだがナ……」

「それも、向こうの世界の常識ですか？」

「そうダ……そうなのだガ……ウン、なんだか記憶の順番が滅茶苦茶《めちゃくちゃ》デ……大砲と電算機は一緒の時代だったカ？　……ショク、覚えているカ？」

「………分からなイ。竜と一緒にいるのが一番古い記憶デ、そのあとにいくつか戦争があっテ、それデ……」

ドーユとショクは二人して顰め面をして、奥歯を噛みしめ、唸る。

すごく、すごく、すごくすごく、頭が痛い。

頭が痛いせいか、なにかを思い出そうとすると、なにかが心を痛めつけ、涙が溢れる。悲しい、気持ち悪い、つらい、死んだ、別れた、嬉しい、腐った、殺された、泣いた、息ができない、怪我をしたところが痛い、もう治っているのにぜんぶ痛い、ずっと痛い、兄弟の心臓が動いていない、もう数が少ない、諦《あきら》めるしかない、竜が助けてくれた。助けてくれたのに……喪失感で胸にぽっかり穴が開いていて、すごく、すごく悲しい。

「ドーユさん！　ショクさん！　あきません！　こっち見て！」

クロミヤは、右手でドーユの顎先を、左手でショクの顎先を捉《とら》え、強引に自分のほうへ向けさせた。

二人ともその場に棒立ちになって、ぎょろぎょろと両目を右往左往させ、息もままならず、このまま泡を吹いて倒れそうなほど顔を歪め、狼狽えている。

「二人とも、あきません。考えすぎんとってください。落ち着いて、ゆっくり息吸って、吐いて……大丈夫ですからね、ここで考えたらあきません。マキさん帰ってきてからにしましょ？　えぇ子ですから、……頼んますから……」

　クロミヤは自分自身も狼狽えそうになるのを堪《こら》えながら、放心状態の二人を抱いた腕にめいっぱいの力を籠《こ》める。

「……クロ、……ドーユ、あたまいたィ……」

「…………ショク、なんだか悲しイ」

「大丈夫、大丈夫ですからね。こわい音聞かせてすんません。いやな気持ちになりましたね。……せやけど大丈夫です、大丈夫ですよ。クロミヤが傍におりますからね。……早《は》よマキさんと合流して、四人でご飯食べましょね」

　二人を懐に抱いて、ぎゅっと力の入ったままの二人のこめかみに唇を落とす。

　どうしてそうしたのかはクロミヤにも分からない。

　でも、生まれたての子犬や子猫、赤ん坊のようにクロミヤに縋《すが》って、泣きそうな顔をして混乱する二人の姿を見て、それでもまだ「この人たちは、俺よりマキさんと仲良くしてるから嫌い」なんて安っぽい嫉妬《しっと》を優先するほど、クロミヤは子供ではない。

「……マキト、もうすぐ帰ってくル？」

「帰ってきますよ。せや、早よ会いたいんですから、三人でお迎え行きましょか」

「行く。クロは？　ちゃんと一緒？」

「一緒です。お二人が助けてくれたから俺も一緒にお迎え行けます。おおきにです、助かりました。……せや、花壇のお花さんもありがとさんです。お蔭さんで生きとります」

「………くろ、いいこ」

「くろ、りちぎ……」

律義に花壇の花にも頭を下げるクロミヤに、ドーユとショクはきゅんきゅん喉を鳴らす。

「いや、せやかて、ショクさんがお花とお話しできる……ってことは、お花さんにも意思があって話が通じるってことやないですか、そしたら、俺が話しかけても通じるかもしれへんやないですか。ほなたらちゃんとお礼も言うとかんと……」

「クロ、お花、喜んでル。クロが無事で良かったたっテ」

ショクはすんと鼻を啜り、花壇の花からの言葉を伝える。

「わ〜すげ〜ごっついメルヘンや〜……俺、お花とおしゃべりしたん人生で初めてです〜なんや嬉しいですね〜」

「………クロかわいイ」

三白眼で目つきの悪いクロミヤが、にへらと笑って相好を崩す。

「かわいイ」

やっぱり、この忠犬欲しいな。マキトにおねだりしてみようかな。

「……でも、ナ……クロ」

「はい、ショクさん、なんですか？」

「言いづらいのだガ、根腐れするからたくさんのお水はいらないとお花が言っていル」

「……気をつけます」

ショクに言われて、クロミヤはしょぼんと肩を落とす。

一喜一憂するクロミヤの姿に、ドーユとショクは落ち着きを取り戻し、それでようやくいまだ鼻先に漂う血の臭いに気づいた。

「クロ、怪我してル……」

ドーユは尻尾をぶんぶん振って、血腥《ちなまぐさ》い臭いの出所を探し、「クロ、血の匂いが濃イ」と心配をしながらも、ショクと二人でクロミヤの腹の傷をぺろりと舐めた。

おいしいおいしい、血の味だった。

そちらを味わううちに、二匹を苛む異様な悲しみや喪失感はすこしだけ薄れた。

＊

人外には個人主義者も存在するが、大抵は組織や徒党を組んでいる。

彼らの組織は、それぞれ独立しているように見せかけて、その実、なんだかんだで縦横斜めに繋がっていることが多く、時に互助的で、時に好戦的関係な関係にある。

とどのつまり、あちらを立てればこちらが立たず、あちらと争えばこちらから狙われ、こちらを立てればそちらから敵視されて……ということになりかねない。

カンパニーという組織も、そのひとつだ。

駐車場で待ち構えていたワゴン車の男たちは、カンパニーの鉄砲玉だ。

それも、人間の捨《す》て駒《ごま》。人外ですらない。こんなことに人外を使うのはもったいない、人間どもで充分だとカンパニーは判断したのだろう。

マキトを狙い撃ちにするなら、モリルとともに飲み屋にいるところを狙ったほうが確実だ。

なのにそうしなかったのは、つまり、モリルが情報漏洩《ろうえい》主だからだ。

これで、モリルとカンパニーが繋がっているのは確実になった。

ともなれば、今回のことは、カンパニーにも筒抜けになっているはずだ。

カンパニーの主たる目的は、マキトの命ではなく、ドーユとショクの実態調査。

事務所の襲撃を計画し、なんらかのツテで入手したクロミヤの電話番号経由で襲撃情報を故意に流し、その襲撃の最中にドーユとショクが姿を現すことを期待した。

そして、マキトのもとにドーユとショクがいることを確認した。

今後は、本格的にドーユとショクの回収に乗り出してくるはずだ。

ドーユとショクが狙われているとなると、それなりの対策を講じなくてはならない。

マキトは、二人を元の世界へ戻してやると約束したのだ。傷ひとつ負わさずに、あの欲に素直で可愛い生き物を元の世界へ戻してやらなくてはいけない。

情報収集の傍ら、進展を得るまでは身を潜める生活が始まった。

事務所はまたカチコミを食らうかもしれないので、拠点のひとつへ移動した。

そのマンションは、雑多な商店街を抜けた先にあって、近くには動物園もある。事務所より小ぎれいで、普請もしっかりしていて、普通の生活が送れる部屋だ。シャワーもトイレもあるし、部屋も複数あって、食料と武器がたんまり備蓄されている。

「ちかちカ、でっかい灯台……」

「ありゃ通天閣っつぅんだ」

「つーてんかク。たいそうな名前の物見塔だナ」

「もとは電波塔だ」

「……ど、ドーユさん……」

マキトとそんな会話をするドーユの袖を、クロミヤが引いた。

「なんダ？」

「おろして……」

ドーユは、クロミヤをお姫様みたいに横抱きにして、部屋まで運んでいた。

「ドーユは力持ちダ。甘えておケ」

ドーユやショクの美点は、弱った仲間を見捨てないことだ。

世の中には、群れを存続させる為になら、弱った同胞を切り捨てる種もあるというのに、この二匹はそれをしない。それだけでも立派な気概だ。

「……これはまた男前の野獣だな」

マキトは、甲斐甲斐しい様子のドーユに感心する。

「マキさん、感心してんと……」

「いや、お前もたまには上げ膳据え膳してもらえ」

マキトは笑って取り合わず、部屋へ落ち着くとまずは四人全員の無事を祝った。

祝ったが、すぐさまクロミヤに雷を落とした。

マキトは怒るとこわい。ドーユとショクは学習した。

至極まっとうなことでクロミヤを叱っているだけなのに、怒られていないドーユとショクまで怒られているような気がして、二人して部屋の隅に隠れ、尻尾を丸めて息を潜めた。

「確かに、ドーユとショクを頼むとは言ったが、お前が怪我してりゃ世話ないだろうが」

「……面目ありません」

「俺に連絡して、じっとしてりゃいいだろうが……なんで自分から死にに行くんだ」

「……すんません」

「すんませんじゃねぇだろうが……」

「でも、もしマキさんが早よ帰ってきて連絡が入れ違いになったら、それこそ、あいつらと鉢合わせするかもしれんやないですか。そしたらマキさんが殺されてしまうやないですか。俺、そんなんいやです。……い、ったい……マキさん、痛い……傷、開く……」

「包帯巻き直してんだから我慢しろ」

「自分でしますて、マキさん……それより、ドーユさんとショクさんのほう気にかけたってください。大きい音で、なんや昔のこと思い出しかけて、えらい泣いて怯えてはったんで……い、だだっ……いだい、いたいっ」

「動くな」

ベッドでのたうち回るクロミヤを押さえつけ、傷が開かないようにしっかり固定する。

弾丸は腹の皮膚を破り、肉をすこし抉った。数針縫う程度だったから、知り合いの医者のところへ駆けこんで事無きを得たが、動きにくいのはいやだとクロミヤはすぐにガーゼや包帯を取ろうとするから、マキトがそれを巻き直しているのだ。

「俺が巻いてやった包帯を解くほどお前はえらくなったのか？　あ？」

「……えらくないです」

マキトに凄《すご》まれて、駄々を捏ねていたクロミヤは、素直に、わん、と返事をする。

「ドーユ、見ロ、アレは発情期のメスの顔ダ」

「うン。メスが孕みたがって股を開いた時のにおいがすル」

痛い痛いと言うわりに、クロミヤはちょっと気持ち良さそうな顔をしている。

ドーユとショクは、ふんふん、すんすん、鼻を鳴らし、舌なめずりする。

ちょっとこわいマキトもかっこいいし、ちょっと被虐体質のクロも可愛い。

クロミヤはどんな形でもいいから、マキトに構ってもらえて嬉しいのだ。マキトも、そんなクロミヤが可愛いから、あぁして甲斐甲斐しく世話を焼いているのだ。

「お前、次、勝手なことしやがったら二度と傍に置かねぇからな」

「はい、すんません」

二人はずっとこんな調子だ。

二人はそれでいいのかもしれないが、ドーユとショクはすこし不満だ。

「ドーユとショクはマキトにもの申ス」

「うん？　なんだ？」

「眷属にひどい言いよウ！　誉めてやレ！　家族の為に戦ったんだゾ！」

「ドーユとショクの安全も考えて一人で立ち向かったんだゾ！」

説教ばかりするのではなく、クロミヤを手放しで誉めてやれ。

マキトは一度もクロミヤを誉めてないじゃないか。

「かわいそウ」

「くろ、かわいそウ」

ベッドに上がったドーユとショクは左右からクロミヤを抱きしめて、よしよしする。

ばしばしの油っ気のない赤毛をわしゃわしゃと撫でまくり、不満げな眼差しでマキトをじとっと見つめ、「かわいそウ」「かわいそウ」と恨み言を吐く。

「……あぁ、えぇ……？　俺が誉めんのかよ……あぁ、うん、分かった、そんな目で見るな……そうだな、頑張った……えらかった。こいつらを守ってくれてありがとうな」

「…………はい、ありがとうございます」

クロミヤはくすぐったそうにはにかみ笑いして、こくんとひとつ頷いた。

「いいこ、クロ、いいこ。怪我が治ったらご褒美やるからナ」

「ドーユとショクが、この世の極楽を味わわせてやるからナ」

右と左から頬ずりして、交互に誉めて、ぺろぺろ、ぺしょぺしょ、毛繕いしてやる。

「ドーユさん、ショクさん、くすぐったい……あきませ、……っひ、ゃっ……！」

笑っていたクロミヤの語尾が唐突に跳ねた。

「どうしタ？　傷が開いたカ？」

「や、なんか、落ち着いたら急にあちこち痛なってきて……」

「痛かったカ？　どこダ？　舐めてやろウ」

「そんなたいしたことあらしません、だいじょうぶ……っ、ひぅ……っ」

べろり。ドス黒く色の変わった打ち身をドーユが舐めた。肉厚の舌は体温よりも熱く、ねろりと唾液がぬめって、舌が離れた瞬間に、腫《は》れぼったさがマシになる。

「次はこっちダ」

「ふ、っ……わ」

ドーユのほうに向いていた顔をショクのほうへ向けさせられ、今度はショクの舌で頬の傷を舐められる。舐められると、ひんやりした。唾液というよりは、なにかの樹液のようにとろりとしていて、頬の丘陵に沿って滴ることはなく、傷のある箇所で留まる。

「もう痛くなかロ？」

「可愛いお顔に傷が残るといかんからナ」

「おおきにです。ありがとうございます」

いくらか、痛みが和らいだ。

たぶん、ドーユかショクの体液の成分がそうさせるのだろう。

二匹は、にっ、と歯を見せて得意気に笑い、「小さな傷ならいくらでも治してやれるガ、大きな傷は難しイ」と、クロミヤの腹をそれぞれひと撫でした。

「……ドーユさん、ショクさん、……あの、っ……そういう触り方は……あの、ほんまに……せやから、服をめくるのはあきません……」

「またクロのあきませんが始まっタ」

「クロは生娘だからナ、恥じらいが多イ」

「今宵は手を出さずにいてやル。クロ、寝ロ。お前の仕事は寝ることダ」

「この場はショクとドーユが守ってやル」

「……でも、ここ……あんまり使ってなくて埃っぽいから、掃除……」

「いらン」

「掃除をせんでも死なン」

二匹がかりでクロミヤを寝かしつける。

「……ん、ふぁ……ぁー……ぁあふ」

ドーユの尻尾で頭や頬をぽふぽふされて、ショクのすべすべの手指でそろりそろりと背中を撫でられるうちに、最初は戸惑っていたクロミヤも、うとうと、とろとろ。

クロミヤの瞼《まぶた》が落ちて、また開いて、そのたびにドーユとショクの二人に撫でられて、また瞼を落とす。

そうするうちに痛み止めの薬が効いてきたようだが、それでもなかなか眠らないクロミヤを眠らせる為に、ショクが催眠効果のある甘い香りを嗅がせてやると、ショクのすべらかな太腿を枕《まくら》に、ドーユの尻尾と脹脛《ふくらはぎ》を足に挟んで眠ってしまった。

「愛《よう》イ」

「善キ」

兄弟家族、金色の竜以外で、ドーユとショクを枕にしたのはこの子が初めて。

「特別に赦《ゆる》してヤル」

「感涙して感謝せヨ」

ドーユとショクの腕のなかで眠るクロミヤは愛らしい。

二匹は、自分の群れで眠る年下の子をあやすように頬や額に唇を落とし、すっかり深い眠りに落ちたのを見届けてから布団を着せかけ、暖かくしてやると、そっと寝室を出た。

クロミヤの寝かしつけを二人に任せたマキトは、一足先に寝室を出て、リビングで酒を呑んでいた。そのマキトの足もとにドーユがぺしゃりと前足をそろえて伏せをして、ショクは床に座ってマキトの太腿に頭を乗せる。

「クロ、寝タ」

「ずっとドーユとショクを守る為に気が張り詰めていたけれド、マキトに叱られテ、庇護《ひご》される立場だと自覚したラ、やっと寝タ」

「お前らの寝かしつけが上手なんだよ」

マキトはウィスキーを注いだグラスを置くと、その手でドーユとショクの頭を撫でる。

「お前らもよく頑張ってくれた。クロミヤを守ってくれてありがとうな。俺は大事な弟分を失わずに済んだ」

「クロはマキトのことになるト、向こう見ずの無鉄砲になルル」

「アレでは早死にするゾ」

「大事な家族なラ、いますこし強ク、もう一歩深く踏みこんデ、守ってやレ」

「マキトはもっと己に正直ニ、欲深くなレ」

「……言っておくが、俺とクロミヤはそういう関係じゃないぞ」

「でハ、どういう関係ダ？」

「ドーユとショクは興味があル」

「どういう関係と言われても、……まぁ、家族って話なんだが、お前らも知っての通り、俺もクロミヤも親兄弟を早くに亡くしていてな……」

それでもまだマキトには親戚《しんせき》が大勢いて、そのほぼ全員が任侠道《にんきょうどう》で、物心つく前から大勢の身内に囲まれて育ったから、さみしさはなかった。

金銭面で苦労したこともなかったし、病気になれば医者に連れていってもらえたし、親がいないことに多少のさみしさはあったけれど、それをほかのもので埋められるくらいには物理的にも精神的にも満たされていて、豊かに育ててもらえた。

クロミヤは、売春婦をしているシングルマザーの家に生まれた。父親は外国人で誰か分からない。クロミヤは赤毛に染めているけど、地毛は金髪で、目の色はガラス玉みたいにきれいな緑だ。

最近じゃそんな容姿も珍しくないが、それは、両親がしっかりとした職に就いていたり、身分や立場があったり、世間一般的な常識に添うた生活のできている者の場合であって、クロミヤの生まれた家のように、ぼろアパートでシャブ中の母親と暮らしている場合は、色眼鏡《いろめがね》で見られる。

小さい頃から、クロミヤはそれで差別を受けたし、見た目で弾《はじ》かれることも多かった。

クロミヤの母親がヤク中で病院へ入って、出てこられないまま死んで、クロミヤはその前後から祖父母に育てられてはいたけれど、十歳の頃には祖父母も相次いで亡くして、夜中に飲み屋街をうろつくようになって、悪い連中と……それも、子供を食い物にする悪い大人たちとツルんで繁華街をふらふらしてるところをマキトに拾われた。

それからは、マキトの家で寝起きさせて、マキトの家から中学へ行かせて、高校にも進学させた。

マキトとしては大学にも行かせたかったけれど、そうなる前に、クロミヤがマキトの仕事関連で手を汚すことがあって、「いまさら普通の道に進めとか言わんとってください」と泣きつかれて、結局、こちらの仕事させることになった。

だから、クロミヤという生き物は、マキトが自分で見つけた、最初の家族だ。

「家族なんだよなぁ、唯一の……」

「マキトの定義する家族ハ、ドーユヤショクの家族とはすこし違ウ」

ドーユやショクは、血の繋がりのある親兄弟とこそ、愛を交わす。

血が濃くなればなるほど子が生まれにくくなるのが摂理のように思えるが、ドーユたちの種族はそうとは限らない。

元来、竜の管轄下にある世界では、生命の循環はもっと多様化していて、オスもメスも関係なく、種族の違いもなく、生まれる時は産まれるし、生まれない時は産まれない。

だからこそ余計に見た目や成り立ちで判断せず、愛しくて、可愛らしくて、わしゃわしゃとしたければ、それ即《すなわ》ち繁殖の対象にする。

本能でそう決めて、決めたら、交わる。

マキトとクロミヤのように、ドーユとショクのように、信頼関係が成り立っている場合、これほど繁殖と交配におあつらえ向きの配偶者は存在しない。

「すくなくとも、俺は、家族とはそういう関係にはならないんだ。家族とそんなことしちまったら、亡くした時に悲しいだろ？」

「じゃア、どうしてドーユやショクと交尾しタ？」

「それは、まぁ……なんだろうな……最初からいなくなることが分かってるからかな」

いずれは元の世界に帰る存在だと理解しているから……。

いまだけだと分かっているから……。

それならばいまを大切にしようと思って、この可愛い二匹の獣を抱いた。

「クロミヤは違うんだよ。あいつが傍にいてくれたお蔭で、俺は、あの広い家で独りにならずに済んだ。……もちろん、いまはお前らもいてくれるから、もっと賑《にぎ》やかになって嬉しい。けど、……なんていうかな、家族とあんまり深くなりすぎると、失った時に悲しいだろ」

親を亡くした時、マキトはまだ子供だった。

子供っていうのは、感情が豊かで、神経が過敏で、繊細なように見えてどこか鈍感なところもあって、親を亡くすことへの情報量も少なくて、大切な人を失うことの意味についても大人のような考え方はしないから、その不安や悲しみは漠然としたもので……。

それに、親を亡くしたのはもう何十年も前のことで、悲しみは風化してしまった。

だから、この歳になって、改めて大切なものを作って、それを失ってしまうのは、少々、こたえる。

「お前たちがいなくなることでさえ、悲しいんだ。これ以上はもういらない」

ドーユとショクのお蔭で、久しぶりに、無邪気な笑いに包まれた。

思い出を振り返ったのなんて、それこそ、何年ぶりだったかさえ思い出せない。

こんな稼業についている自分にも大事なものが増えて、家族らしい生活ができて、なにかに翻弄されることの喜びを得て、食べることや遊ぶこと、まるで子供みたいにはしゃぐことの楽しさを思い出せて、この歳になって親のようなことをしてやれて……。

自分が人間らしくあれることに感謝できた。

「ぜんぶお前らのお蔭だ」

「人間ハ、いつもたくさん考えすぎダ」

「もっと欲に素直になれば幸せになれるのニ」

小難しいことを考えて、目の前の幸せを手に入れようとしない。

大切な運命の糸口が目と鼻の先にあるのに、それを死に物狂いで摑んで手繰り寄せ、己のものとすることを躊躇《ちゅうちょ》する。

「ドーユは好きな者はみんな愛したイ」

「ショクは好きな者をぜんぶ愛したイ」

そして、好きな者を愛する為に生きて、気持ち良いことには心いくまで存分に溺れて、愛しい者を幸せにする為に戦って、大切な運命を、己のつがいを、伴侶《はんりょ》を、親を、兄弟を、守り抜いて、一生一緒にいると決めた家族の為にすべてを尽くす。

マキトだって同じはずだ。

ドーユとショクの為に力を尽くしてくれる。

そして、マキトは、保身を優先して、途中でそれを投げ出したりはしない。

責任を持って、最後まで成し遂げる男だ。

「それハ、情愛が深いというのではないカ？」

「そんなお前に心酔するクロミヤも、同じ生き物ではないカ？」

「根本ハ、ドーユやショクと変わりないのではないカ？」

「お前たチ、ドーユやショクよりも短命だろウ？」

「ちょっとしたことですぐ死ぬだろウ？」

「ならばこソ、なぜ愛を尽くさなイ」

「時間モ、命モ、すべては限りがあるのダ」

運命に抗う暇があるなら、運命を受け入れて、その運命を謳歌《おうか》せよ。

ドーユとショクは、目の前に愛しい者がいるなら、それを全力で愛する。

「……お前らは、もしかして俺を説得してるのか？」

「いいヤ、単純な物事の理を説いてやっているだけダ」

ドーユとショクは、マキトが好き。

マキトも、ドーユとショクのことが好き。

でも、ドーユとショクは、マキトの気持ちを気にしない。

ドーユとショクがマキトを好きで、気に入っているから、愛する。

愛に見返りはいらない。ただ差し出すだけ。そして、それを受け取ってもらえたら幸せ。

もし、相手も同じ気持ちで返してくれたらもっと幸せ。拒まれたら、引き下がるのが礼儀。

けれども本当に拒んでいるのかどうか分からないから、……時には、相手が強がっている時もあるから、本心から拒まれるその時まで、こちらからの愛を出し惜しみはしない。

そして、今回に限っては、マキトはドーユとショクの愛を受け入れてくれている。

「受け入れたのだから、マキトは全力でドーユとショクに愛される責任があル」

「そして、ドーユとショクは、マキトが愛するクロミヤのことも好きだから、同じくらい愛してやる覚悟があル」

　だからつまり、四人とも、みんなそれぞれのことが大好きなのだ。

「ただひとつだけ不思議。マキトとクロミヤはドーユとショクが来るずっと前から二人で仲良く暮らしているのニ、どうして交尾しないんだろウ？　……と不思議に思ウ」

「こんなに仲良しデ、あんなにきちんと上下関係が築けテ、立派な主従なのニ……どうして肉の契りを結ばないのだろウ……と不思議に思っていル」

「ふしぎダ」

「ふしぎ」

　双子がそろって左右に小首を傾げ、こちんと頭をぶつける。

　マキトが困り顔で酒を呑んで誤魔化そうとするから、ドーユとショクはマキトの左右の耳を齧って、「ふしぎを解明するのは楽しいゾ」と唆す。

　だって、ドーユとショクは、マキトとクロミヤが好きなのだ。

　好きなものは、ひとつでも多いほうがいい。

　好きが増えたからといって、ひとつひとつへの愛が減るものではない。

「素直になるが賢明ダ」

「本能に従うはまことに幸いゾ」

　二人してマキトを唆す。

けっしてこのオスを逃がさぬように。

そう、逃がさぬように。

この運命を得よという己の叫びに、忠実に生きる。

「運命にどっぷりと浸るのは心地良いゾ」

「大丈夫、こわくないイ、ドーユとショクとクロミヤがいル」

絶対に、絶対に、絶対に。

ドーユジェントとショクソジェントは、欲しいモノを手に入れる。

この運命、逃してなるものか。

＊

その夜、クロミヤの悲鳴が上がった。

主寝室で寝ていたマキトは、両隣にドーユとショクがいないことに気づき、枕元の拳銃を片手に、クロミヤの眠る隣室へ駆けこんだ。

「……お前ら、なにしてんだ……」

「ま、マキさ……っ、……たすけて……」

ソファベッドで寝ていたクロミヤが、ドーユとショクに押し倒されていた。ほぼ素っ裸にひん剝かれたクロミヤは、闇夜に目を光らせた二匹の下で半泣きになっている。

「なにやってんだドーユ、……クロミヤから離れろ」

「絶対にヤダ」

「なんでだ……、ショク、クロミヤに手を出すな」

「だってクロかわいイ」

ドーユとショクは、クロが可愛いから襲うことにした。

「あト、最後かもしれないから種だけでもつけておこうと思っテ！」

「やり残しがあると後悔になるからラ！」

純真無垢な瞳をきらきらさせて、二匹の獣はクロミヤを襲う。

「ひっ……ゃっ……やめっ……どこ、手……それ、っケツん穴……っ」

「ここカ？　これがいいのカ？　……うン？　これだナ？　よしよシ、いまからショクのこの長い舌と触手でお前の尻をとろとろにしてやるからナ」

「ゃ……っひゃ……舌、なに……あかん、あきません……、ショクさ……ンっ、ドーユさん、っ……ど、ぉっ……ぁ、あっ」

「すごいだロ、ドーユの指。コレ、マキトにしてもらって覚えタ」

「ま、マキさんっ……ドーユさんになに教えてはるんです……っぅ、あ　あっ……そこ、だめっ、ちんちん、漏れるっ」

「漏れなイ。しかしながラ、初めてでそれだけ声を上げるなら優秀ダ」

「クロは本当に上の口も下の口も良い子ダ」

「ショク、触手と一緒にドーユの指を入れよウ」

「ドーユは良いことを言ウ、そうしよウ」

「っひ、ぅ……っ、ぅぅ、う」

「いい子でいロ。お前にメスの喜びを与えてやル」

「身を委《ゆだ》ねヨ。お前にメスの幸せを教えてやル」

「ほラ、ドーユの爪でその皮余りの可愛い一物を引っ掻いてやるからナ」

「っひ、んっ……っンひ……っ、ひっ」

尻を弄くられ、陰茎を扱かれ、根元はぎゅうぎゅうと圧をかけられて、狭い尿道をぬぽぬぽと摩擦される。

膀胱《ぼうこう》を圧迫されたせいか、はたまた触手の粘液に触発されてか、クロミヤは尻の穴まで濡らしていた。蔓草で塞がれたままの尿道をドーユの指や掌で扱かれ、爪で引っ掻かれた鈴口は、隙間《すきま》からぶちゅぶちゅとザーメンが溢れて、泡立つ。

「……っ、し、ぬ……っひん、で、しまぅ……ゃめ、っ……いく、ぃきたい、も、でてる……なか、っ、なかで……っ、」

クロミヤはびくびくと腰を跳ねさせた。

臍《へそ》にくっつくくらい勃起させて糸柱を垂らし、ぐちゃぐちゃの顔を真っ赤にしている。

「ショク……見ヨ、……コレ、このいきものかわいイ」

「とろとロ」

「このいきもノ、おいしイ、かわいイ、がぶがぶしちゃえッ」

我慢しきれなくなったのか、ドーユは甘噛みしてあちこちに歯形をつけ、クロミヤの髪をわしゃわしゃする。

髪や頭を撫でられるだけでも感じてしまうのか、泣きの入ったクロミヤは、ひくひく、びくびく、全身を痙攣させて、ひっきりなしに喘ぐ。

「ねとねとでいっぱいにしたラ、クロは狂ってしまうかナ？」

ショクは、触手の粘液でできた催淫剤をぶっかける。

クロミヤは、びちゃりと顔面に浴びせかけられたそれにさえ驚き、怯える。粘性の高い蜜液に鼻を塞がれて溺れ、閉じた瞼の上に垂れたそれを拭うこともできず、目も開《ひら》けない。

「……っん、……っは、……ひ……ふぁ、っひぅ」

酸素を求めて唇を開けば、舌や内頬に粘液が触れ、触れた箇所からびりびりと痺《しび》れ、あっという間に全身に疼《うず》きが走る。

「くち、っ、くひンなか……なに、これ……っ」

「口のなかがメス穴になル」

「感度良好。上も下も同じくらい感じるようになるゾ」

「ゃ、らぁ……ぁ、ふ…………っふ……んぁ、ふ」

ぐちゅぐちゅ、ぐぶぐぶ、口腔をドーユの指で掻き回される。

それだけで、尻の穴を掻き回されるのと同じ快感がある。

けれども、尻を使ったことのないクロミヤは、いきなりこんなに感じるようにされても、戸惑うだけだ。

そのくせ、犬歯の尖ったドーユの牙で乳首をかぷりと噛まれれば失神しそうなほど感じてしまうし、ショクの触手で汗の滲《にじ》む首筋をゆるく絞められながら尿道と尻の両方を強引に暴かれると、くるんと白目を剝いてしまう。

「そこまでだ」

しばしの間クロミヤの痴態に見惚れていたマキトは、二匹の獣の下に隠されたクロミヤの、その足指の先がひくんと突っ張って、ばたりとベッドに落ちたのを見て我に返り、ドーユとショクの首根っこを摑んでクロミヤから引き剝がした。

「ひっぁああっ！」

白目を剝いていたクロミヤが、甲高い悲鳴を上げる。

マキトが二匹を引っ張ったせいで、尻や尿道を犯していた触手が一度にぜんぶ抜けて、乳首や口唇を弄《もてあそ》んでいた牙が敏感な場所に刺さって、それで、達してしまったのだ。

ぷしゃりと勢いよく精液を吹き、股を開いてがくがくと小刻みに尻を揺らす。

「ひっ、ん……っひ、っぃ、ひっ……」

もう誰もクロミヤに触れていないのに、長びく絶頂に襲われて、女みたいにイっていた。

「……すまん、クロミヤ、おい、大丈夫か」

二匹を両脇に抱えたマキトは、そぅっとクロミヤを見下ろす。

「っゃ、ら……み、みないで……くら、は……っひ……っん、ぅ」

ぎゅっと身を縮こまらせ、啜り泣く。

呂律《ろれつ》が回っていない。絶え間なくゆるい絶頂の波に襲われて、半勃《はんだ》ちの陰茎から精液を垂れ流し、いつまでもずっと腰が揺れてしまう。

そして、それを自分では止められず、恥ずかしさで顔を隠して、イキっぱなし。

鷲摑んだクッションで目もとばかり隠すので、唇から覗く赤い舌がいやらしい。

たぶん、そうして息をして、舌が空気に触れることでさえ、感じているのだ。

「ドーユ、ショク、クロミヤに手を出したらだめだ」

「あかんのカ？」

「あきません、なのカ？」

「そうだ、あきません、だ」

「なんでダ？　……マキト、もしかして怒ってるカ？」

「なんで怒るんダ？　もしかして頭ごなしに怒る気カ？」

「こんなに可愛いドーユとショクを怒るのカ？」

「ドーユとショクはなにも悪いことをしていないゾ」

「……ちょっと二人とも黙ってろ」

ドーユとショクを床に座らせ、ぶすくれる二匹の唇を、むぎゅ、と指でつまむ。

二匹がまた欲望任せに突っ走らないように、マキトは、クロミヤのいるベッドを背後にして立つ。

クロミヤはすこしずつ落ち着きを取り戻しているが、奥に燻《くすぶ》る熱はまだ拭えぬようで、ひどく緩慢な動作でシーツを手繰り寄せ、体を隠す音が聞こえた。

「お前たち、クロミヤに同意は得たか？」

「得たも同然ダ」

「そうダ。クロは、ドーユとショクを憎からず思っているはずダ」

「だからって、強姦《ごうかん》はだめだ」

「可愛いから孕ませたいと思うのハ、獣の本能ダ」

「可愛くても、いきなり孕ませるのはだめだ」

そうしてひとつずつ言い含めながらも、マキトは半分諦めていた。

おそらく、この二匹がこちら側の世界の概念を理解するのは難しいだろう。

根本的に、人間と人外は考え方が違うのだ。

これから先の長い人生、この四人でずっと一緒にいるなら、それらをすり合わせて歩み寄る必要もあるが、ドーユとショクはあちらへ帰る。

帰る前に、せめてお気に入りの子に自分の子孫を孕んで欲しいと考えるなら、歩み寄るという前段階は踏まないだろう。

そして、たぶん、彼らには、歩み寄るという概念そのものが存在しない可能性がある。

だって、彼らは、互いの心のうちになんらかの愛が芽生えていて、一緒に暮らしていて、これほどまでに面倒を見てくれるクロミヤなら、ドーユとショクを愛していて当然だし、ドーユとショクもクロミヤを愛しているから、そうするのが当然だと決めつける。

愛しているから、抱く。

抱かれる。

一番分かりやすくて、一番伝わりやすくて、一番気持ちいい方法。

相性を見るのに最適な方法として、交尾を選択する。

実に獣らしい。即物的で、単刀直入で、率直で、それでいて愛らしい方法で、実直なまでに愛を差し出そうとする。

「マキトは最初からドーユとショクの気持ちに応えてくれたじゃないカ」

「愛を確認するのに時間は不要だト、マキト、お前こそ知っているはずダ」

「俺とお前たちが交尾したことと、お前たちとクロミヤが交尾することは別だ」

「でモ、ドーユとショクはマキトが好きデ、マキトもドーユとショクが好きデ、ドーユとショクとマキトはクロミヤのことが好きだろウ？」

「好きには種類があるんだ」

「なイ」

　ドーユとショクは言い切った。

「……分かった。好きに種類がなかったとしても、好きな子と交尾をしたいと思う好きもあるし、しなくてもいい好きもあるんだ」

「それは分かル。分かるガ、なんでマキトがクロと交尾しないからっテ、ドーユとショクもしちゃだめなんダ？」

「クロの尻もさみしそうダ。たっぷり使ってやレ」

「そうだそうダ、使わないト、よそのオスに持っていかれるゾ」

「こんなに良い尻をしているのダ……あれはきっと絶品ゾ、ちょっと触手や指でお邪魔しただけだガ、筋肉があっテ、うねっテ、最高だっタ」

「分かル。ドーユもさっきクロの尻を叩いたけれド、ぱつんと張りがあっテ、きゅっと尻穴が窄《すぼ》まっテ、すごく具合の良さそうな反応だっタ」

「ドーユさん、ショクさん……そんなことマキさんに言わんとってくださぃ……」

腹に力の入っていない声で、クロミヤは「そんなん言うたらあきません」と唸る。

「クロ、恥ずかしがるナ、ドーユとショクはすべてお見通しダ」

「クロはマキトのことが大好きなのニ、ドーユとショクに奪《と》られて悲しいと思っているだロ？　そんなことは些末なことダ。気にするナ。クロはちょっとお子様ダ」

「それでモ、クロはドーユとショクにご飯いっぱいくれるシ、おやつもくれるシ、お風呂にも入れてくれるシ、お布団も毎日干してくれるシ、ブラッシングもしてくれるシ、爪の手入れもしてくれるシ、ドーユが欲しいって言った干し肉も手に入れてきてくれたシ、ショクが欲しいって言ったお花の蜜も探してきてくれタ」

だから、こんなにかわいいクロを悲しませたりはしない。

ただただ、かわいいクロを可愛がりたいだけ。

それは間違いか？　間違いじゃないはずだ。

だって、ドーユとショクは、マキトを大好きだけど、クロミヤも大好き。

「だからラ、ドーユとショクは、好きな子のことを好きな子のことも愛ス！」

「みんなで仲良く愛し合いっこしよウ！」

これは、好きを半分ずつするんじゃないし、好きな子を半分ずつ分かち合うのでもないし、好きという気持ちを三等分したり四等分したりする話でもない。

それぞれが、ほかの三人を好きなだけめいっぱい愛せばいいだけの話。

「マキさん……」

「………うん？　なんだ？」

「もしかして、ちょっと……説得されかかってます？」

「ん……うん……んー……うん」

「……そうでした、マキさんはそういう人でした」

来る者拒まず、海のように広い心で、ありとあらゆる物事を受け入れる男なのだ。

「クロミヤ、あのな……今回のことは、その、ドーユとショクも悪気はなくて……」

「……マキさんまで俺を説得にかかるつもりですか……」

「いや、その……なんというかな……、ドーユとショクがそれを望んでるから……って理由じゃなくて、お前ら三人を一度に愛せるのはいましかないって思ったら、……まぁ、その、なぁ……？　どうしても、ドーユとショク寄りの考えになっちまうんだよ」

クロミヤに向けていた背をドーユとショクに向けて、クロミヤへ向き直る。

「マキさん……ほんま、あなた変わりましたね……」

「だめか？」

「だめとちゃいます」

尊敬する人が、自分の気持ちに正直になって愛と向かい合うのは、喜ばしい。

「……クロミヤ、お前は？」

マキトが尋ねる。その背後で、二匹の獣がべろりと舌なめずりして、マキトの太腿を齧り、指をしゃぶり、己のまたぐらの一物を大きくして盛っている。

早く犯したい。

早く四人で仲良くしたい。

早く、早く、早く。

ドーユとショクには、時間がない。

「……わけ、分からへんですけど……、なんか、この、これ……」

そのぎらついた目が、こわい。

こわいのに、その目で見つめられると、昂《たかぶ》る。

「……クロミヤ？」

「見んとって、ください……」

その目で見つめられると、クロミヤのなかのメスが発情してしまう。

勝手に股間の一物も膨張して、自分が自分じゃないみたいに意志が揺らいで、目の前のオスの性欲に屈服してしまいそうになる。

「……なんでか、分からへんのですけど、すごい、心臓、くるしくて……気持ち良くて……たすけて、……ください……なんも、考えられへんくて、……こわい……」

拭っても、拭っても、肌がきもちいい。

恐ろしくて掻き出せない尻のなかの異物や、胃まで流しこまれた蜜がずっと胎内でクロミヤを煽り立てて、ちょっとしたことで理性を手放してしまいそうになる。

「……分かった」

マキトはクロミヤを抱き上げ、ドーユとショクから遠ざけた。

ドーユとショクは、「……えぇ～、マキトだけクロを独り占めはずるイ、みんなで仲良ク！」と唇を尖らせる。

「お前らがクロミヤに悪さをするからだ。きちんと謝れ」

「……悪いことしてないのニ？」

「ちゃんと気持ち良くなるお薬も入れてあげたのニ？」

「このクロミヤを見て、それでもまだそう言うか？」

マキトの腕に抱かれて、びくびく、びくびく。

感じたり、濡らしたり、触ってもいないのに射精したり、マキトに、「すみません、すんませんっ……」と小声で何度も謝って、足腰が立たないのにマキトの腕から下りようとするクロミヤを見て、それでもまだごめんなさいを言わないつもりか？

「……ごめんなさイ？」

「ドーユとショク、わるいことしタ？」

「……あ、の……だいじょうぶです、だいじょうぶですよってに……、ちょっと驚いただけで……あの、ほんま、俺のこと好きになってくれはったんは嬉しいし、俺のこと好いてくれてんのも伝わりましたから……」

「……くろ、いいこ」

「くろ、健気」

「調子に乗るな。反省だ。そこで正座してろ。言うこと聞かなかったら、私はクロミヤを襲いました、悪い子です、って首から看板ぶら下げさせてメシ抜きにするからな」

「手厳しイ」

「こちらの摂理はなにやらややこしイ」

マキトにぴしゃりと言われて、ドーユとショクはその場で正座をする。

「なァ、マキト、クロが交尾していいって言ったらしていいカ？」

「だめだ、お前らいきなり二本差しとかするだろ？」

「ちゃんと馴らすからラ」

「クロの尻の世話になりたイ」

「お前ら、本当に……」

聞き分けのない二匹に、マキトは声も気配もひとつ不穏なものにする。

「あい分かっタ！　もう言わヌ！　ドーユもショクもおとなしくすル！」

「マキト、やめロ！　お前のその目はこわイ！」

ドーユとショクは、ぴたっ！　と自主的に前足をそろえて伏せをして、腹も見せんばかりに服従を示す。

おとなしくなった二匹を尻目に、マキトは主寝室のバスルームへクロミヤを連れて入った。

散々ドーユとショクに煽られたせいか、催淫効果のある粘液のせいか、クロミヤは意志疎通こそできるが、どこか目の焦点が合わない。

マキトが目の前にいるのに、マキトに気づかれないように、でも、明らかに気づかれるほどの動作で、シーツに隠れて自分の陰茎を扱いている。

ぐちゅぐちゅ、にちゅにちゅ。いやらしい匂いと音が絶え間ない。

「マキ、っさ……」

「ん？　どうした？　風呂に入れてやるからおとなしくしてろ」

マキトは自分ごと湯船に浸かり、懐にクロミヤを抱える。

クロミヤが体に巻いていたシーツは淫液でしとどに濡れそぼり、肉の色も分かるほど透けている。そのシーツを剝ぎ取ると、どろりと濃いものから水のように薄いものまで、まだらにシミていた。

シャワーでざっと洗い流してやるが、そうして水飛沫《みずしぶき》が当たるだけでも、クロミヤは唇を嚙み、子猫みたいにか細く喘ぐ。

「気にしなくていいぞ、あいつらの喘ぎ声もクソでかいからな」

「っあ、が……ぁ」

「ほら、でかい声出して盛大に喘げ。いっそのこと、あいつらにも聞かせてやれ」

クロミヤの口内へ指を捩《ね》じこみ、強引に開き、シャワーを止めて陰茎を扱いてやる。

「あーっ、っあっ、っんぉああっ、あ、あー……」

途端に、元気のいい声があがった。

「シャブ中のオンナとキメセクしてるみてぇだな」

「あっひ、っひ……ぉあ、ぁー……っ、……ぁー……っ」

「おら、いいぞ、いけ」

「ぃひ、っ、ひ、くっぃぐ、ぃっ……ひ、いっ」

あっという間に、噴く。

どろどろと吐き出すザーメンをローション代わりにして皮余りの陰茎を扱き、指で作った輪っかで雁首をくびり出し、尿道に残る精液と粘液をぎゅうと絞り出す。

「ま、ひと……ぁ……んっあっン……ああ、っあっ」

「一丁前にケツ振ってんじゃねぇよ」

尻のふちを指で優しく撫ぜると、腰が跳ねる。

確かに、弾力があって、しっかりとしたイイケツをしている。

「ぁー……っ、ぁ、ぁー……あー……」

「ケツ掻き回して欲しいなら動くな」

「なか、掻いて……おく、っ……ちんちんのつながってるとこ……っ、ぉお、ぁおっお」

「……ったく、好き勝手されてんじゃねぇよ。処女の分際でガンギマリじゃねぇか。……ほら、いいとこ当ててやるから、イけ」

言葉で責めても、クロミヤは感じる。

耳に吹きこまれる言葉や、吐息や、笑い声、すべてに喘ぐ。

ものの数分で、マキトの体がクロミヤの精液や腸液で汚れていく。

不思議なもので、マキトは、いままでこれを性愛の対象にしたことがなかったのに、今夜、突然クロミヤを相手にすることになっても嫌悪感が湧《わ》かないのだ。

それどころか、必死になってマキトに縋ろうとして、でも、マキトの体を傷つけないように拳をぎゅっと握りしめて、時折、我に返って「ごめんなさい、汚してごめんなさい」と謝るクロミヤが愛しいのだ。

ドーユやショクが、ことあるごとに、ことなきごとに、「かわいい」とすべてに愛を讃《たた》えることの意味が分かったような気がする。

クロミヤはおずおずと控えめな仕草でマキトに甘えようとして甘えられず、マキトに縋りつきたい指を彷徨《さまよ》わせて、困り眉で途方に暮れている。

それを見てしまうと、たまらない気持ちになる。

家族のいないクロミヤには、マキトしか甘える相手がいないのだ。

ドーユとショクが来てから、クロミヤが、「自分はもう大人だからドーユさんとショクさんを羨ましがるのは間違いだ、そういうのはもうずっと前に卒業したはずだ……、なのに……なんで、こんなに……」と子供らしいやきもちを焼いているのも分かっていた。

分かっていたけれど、見て見ぬフリをしていた。

ドーユとショクは好きなだけマキトに甘えられて、羨ましい。自分もそうしたい。そんな感情をマキトに気づかれてしまうこと自体、クロミヤはいやがっていた。

そんなことでマキトは幻滅も失望もしないのに、クロミヤは、いつも、ちょっと、どこかで、一歩身を引くのだ。

それがいじらしくも、可愛らしいのだ。

だから、見て見ぬフリをして、もうすこしクロミヤの可愛い姿を見ていたかったのだ。

「あぁ、そうか……俺はお前のことが可愛いんだな」

すとんと腑に落ちた。

そうか、俺はこいつのことをそういう意味でも可愛がってやれるのか……と理解した。

その感情をすんなり受け入れている自分が、なんだかよく分からないけれど、ひどく心地良かった。ドーユとショクのお蔭で心の整理がついて、新しい扉を開いた気分だった。

「ドーユ、ショク、正座はどうした」

射精に疲れたクロミヤの肌を撫でて落ち着かせながら、風呂場の扉へ視線を流す。

ドーユとショクは、風呂場をそぅっと覗き見していた。

褐色の尻尾と、うにょうにょした触手が見え隠れしている。

「ドーユ、ショク、入ってこい」

「はイ」

二匹は良い返事で、そそ……と浴室へ入ってくる。

この二匹は、こういうところが可愛い。好奇心旺盛で、性欲に真正直で、そして、マキトに従順なように見えて、時々こうしてマキトの言いつけを破り、可愛い反逆をする。

対等な場面での反逆は可愛いものだし、当然の権利だ。

だが、こういった大切な場面では、上下関係をしっかりと分からせないといけない。

「ドーユ、ショク、クロミヤは誰の物だ？」

「マキトの物」

「分かっているなら、俺への断りなしに二度と勝手にこいつに手ぇ出すなよ」

「断ればいいのカ？」

「俺の許可がおりたらな」

俺の許可なしに、これに手を出すな。

これは、俺のクロミヤだ。俺の舎弟で、俺の弟分で、俺の部下で、俺の最初の家族で、俺の犬だ。手を出すにしても、順番ってもんがあるんだろうが。

「まずは、俺だ」

「分かっタ」

「従ウ」

二匹は猫脚風呂のふちに前脚と触手を引っかけて、浴槽を覗きこむ。

二匹はよだれをだらだら垂らし、股間の凶器を赤黒く膨張させて、先走りを垂らしていた。

「お前ら、ほんとしょうがないな……」

そう苦笑するマキトに下腹を優しく撫でられるだけで、「ぁー……」と呆けた様子で、赤ん坊みたいに口を開き、感じ入る。

それでも二匹はオスの本能を捨てておらず、マキトの腕のなかですっかり落ちた様子のクロミヤを見つめながら、「かわいイ」「ボテ腹にしたイ」とマキトの肩にしな垂れかかり、けれども、マキトの言いつけをきちんと守ってクロミヤには手を出さない。

「マキト、ドーユのちんちんもごしごしして欲しイ」

「ショクはおしりいじって欲しイ」

二匹はくんと鼻を鳴らして甘え、マキトもまた、言うことを聞いたご褒美に二人の欲を聞き届け、その顎下をくすぐった。

＊

「……ショク、外でなにかが走っタ」

「川向こウ？」

「そうダ」

ベランダで自主的に正座していた二匹は、そこから見える河川に目を光らせた。

ドーユの指し示す方角に、人の目では視認できない速さのなにかが走る。

「調ベル」

ショクはベランダの柵を伝って外へ触手を伸ばす。

マンションの敷地に育つ樹木を手近な触媒に替え、地層に根づく根茎を経て、触角だけで地表を進み、川沿いの土手を駆け下り、斜面を下り、ありとあらゆる植物の根を間借りして地脈を読み辿り、川向こうに走ったなにかを追跡する。

「川向こうの植物園で咲く月下美人が言っタ。あれはカンパニー。人外を蒐集する悪魔。その悪魔の数は三ツ」

ショクは、敵に踏みつけられた月下美人から情報を得ると、それをそのまま言葉にする。

「ドーユとショクを捕まえにきタ？」

「そのようダ。……そこでドーユに提案ダ。ショクは、マキトとクロミヤを眠らせようと思ウ」

「それがいイ」

マキトとクロミヤは、絶対にドーユとショクを守ろうとする。

だが、人間が人外を相手にするには限界がある。

ドーユとショクも、悪魔を相手に引けをとるつもりはないが、大事な場面で二人が傷つくのはいやだ。

部屋に引き返したショクは、マキトとクロミヤの両方に口づけ、ふぅ、と息を吹きこむ。

浅い眠りの二人の呼吸が深くなり、どろりと重い睡眠から催眠のような状態に入る。

ドーユが催眠をかけるわけではないから、二人と唇を重ねる必要はないのだけれど、なんとなくそうしたくて、ドーユもまた二人の唇を味わった。

「奇襲をかけるカ？」

「かけル」

「でハ、ここへ来る途中で通りがかっタ、あの動物園とやらへ」

「承知しタ」

ドーユとショクは、高層階のベランダから一階へ飛び下りた。

地表に到達するまでの間に、ドーユは己の体を羽つきの狼に変え、四つ脚で着地すると、その足で夜の街を駆ける。

ショクは、マンションの敷地内にある小さな公園に入った。

この街は、自然物が少ない。その少ない自然物を利用して、手も、足も、髪も、血液も、肉も、骨も、神経も、なにもかもを葉脈や根茎と同化させ、自身の体は土の下に根づいた地下茎と一体化し、大地の底に身を隠す。

そうして、ショクはこの一帯の自然物すべてを己の支配下に置くと、索敵と追尾を実行し、それをそのまま意識下で繋がっているドーユへ送り、敵を追い立てる。

ショクが敵を追いこみ、ドーユが動物園で待ち伏せする。

地の利も、攻守の利も、こちらにある。

ただ、相手は、こちらの世界に慣れているであろう人外だ。

当然、ドーユやショクよりも、こちら側の摂理や戦い方に精通しているはずだ。

「……っ！」

支配範囲を広げようとした瞬間、ショクの視界に雷撃が走り、銀色に光った。

ばちん！　視界が焼き切れて、真っ暗になる。

途端、いままで勢力下にあった周囲の全景がまったく把握できなくなった。

ショクの脳内で、ドーユが、「網膜投影が切れタ、どうしタ」とショクを心配する。

だが、ショクの両目は焼き切れたままで、ドーユの位置さえ把握が難しい。

激痛に耐えながら、視覚以外の感覚で状況把握に努めるが、ここは植物が極端に少ない。

試行錯誤するうちに聴覚も損なわれ、触覚も途絶え、味覚や嗅覚《きゅうかく》も失せて、五感が奪われ、ショクにとってもっとも大切な第六感、ドーユとの接続さえ切られると感じた瞬間、
ショクはこの周辺のありとあらゆる植物との同化を解除し、地表に姿を現した。

「ショクソジェント、確保」

「……っ⁉」

地表に出た瞬間、首の根を掴まれ、地面に叩きつけられた。

身を隠したショクを地上へ誘き出す為だけに六感を奪ったようで、地表に出た瞬間、停止していたショクの機能はすべて回復する。

だが、ショクよりも強力な誰かの作用によって、その力を使えない。

ショクは声を出さずにドーユへ向けて、「捕まっタ、相手はこちらの正体モ、能力モ、すべてを知っていル」と発するが、応答がない。

「ドーユ！　ドーユ‼」

「お前の片割れも、もう捕まえた」

ショクの力をすべて封じるほどの力を持つ男が、抑揚のない声で宣告する。

「悪魔めガ！」

「こちらの正体を知っているなら早い。……ウル、ショクソジェントを捕獲。先ほど、ホシジキとカラヒツがドーユジェントを確保したと報告ありました。そちらへ合流します」

図体の大きな男は、片手でショクを制圧したまま携帯電話でどこかへ連絡をとる。

「貴様、いマ、……ウルと言ったカ」

「あぁ」

「貴様らの組織にハ、竜がいるのカ」

竜が相手では敵《かな》わない。

竜ならば、ショクの六感を一瞬にして奪い去り、無力化することなど造作もない。

おそらく、ドーユもそうして捕まった。

竜は、三界すべての世界を統べる神様だ。

この世に三匹しか存在しない、神様だ。

そのうちの一匹は、ドーユとショクの世界にいた。

そして、もう一匹は、いま、ショクを捕まえた男の仲間として、この世に存在する。

「この世界ハ、……なにやラ、おかしイ」

「貴様らの知ったことではない」

どうせ運命がすべてを奪う。

男はショクを肩に担ぐと、明け方の空を飛んだ。

＊

ドーユとショクは、わりと好待遇を受けていた。

縄で縛られるでもなく、鉄の鎖に繋がれるでもなく、拷問を受けるわけでもない。

檻のなかに閉じこめられ、木板で蓋をされ、空気穴から外の様子を窺う必要もない。

ただ、窓がない。無機質な灰色の四角い檻。

ここはまるで、見物人のいない動物園だ。カンパニーの勢力下にあるこの箱のなかでなら、人外どもが自由に動き回れる。この檻の内側だけが安全な、人外の為の動物園。

誰かが、なにかの目的の為に人外を集めた、動物園。

もしくは、人外たちが、なんらかの目的の為に自発的に集まった動物園。

動物園だが、その動物園を管理するのは、そこに生きる動物たちだ。

息苦しさや窮屈さ、人間に危害を加えられる恐怖のない、人外にとって安全な箱庭。

きちんと支配者がいて、その支配者がこの場を守っている。姿こそ見えないその支配者の影響力は圧倒的かつ絶大で、ドーユとショクすら守られていると感じてしまう。そして、その支配者は絶対的な力の持ち主で、ドーユとショクを檻に入れずとも勝てると分かっているから、ドーユとショクを鎖に繋がない。

「ここはどこダ」

「君たちがいた場所の近くにあるビル。ビルって分かる？　背の高い建物」

カンパニーの一員である赤毛の男が、そう答えた。

「通天閣とか見えるビル」

「そうそう、ここには窓がないから見えないけどね」

赤毛の男はわりと気さくで、尋ねたことにはすべて答えてくれた。

それが正しい答えなのかどうかは分からなかったが、すくなくとも、赤毛の男が嘘《うそ》をつく様子はなく、また、嘘をつく必要があるようにも思えなかった。

「できるだけ仲良くしようよ。招待方法が乱暴だったのは謝るからさ」

男の指がドーユの頬に触れる。

「下郎ガ！　このドーユジェントに触れるナ！」

「……こっわ」

赤毛は、牙を剝くドーユから距離を取り、ショクに矛先を変える。

「赤毛！　このショクソジェントに触れればその指が腐り落ちると思エ！」

「……っんだよ、もう……こいつら縄張り意識もパーソナルスペースもめちゃめちゃ狭いじゃん……こわい……っ！」

赤毛は二人から距離を取り、部屋の隅に置いていた椅子を持ってきて腰かける。

「貴様らハ、なにを目的としてドーユとショクを捕まえタ」

「運命を変える為」

「それは哲学カ、それともそのままの意味カ」

「そのままの意味。俺たちは本来この世界に存在する生き物じゃない。じゃあ、初めてこちら側に来た奴は誰で、どうやって、どの運命の采配《さいはい》で……って疑問が湧くじゃん？」

「湧かなイ。いマ、ドーユたちはここに存在していル」

「いまここでこうして生きているという現実ガ、運命の決めた現在ダ」

ドーユとショクは、それ以外の運命論を論じるつもりはない。

「焦んないで。君たちみたいにヒト以外がベースの人外は思考が短絡気味だからいけない。……で、話を戻すけど、人外っていうのは滅多に出現しないし、出現場所の特定もしにくくて、厄介なんだ」

「それデ？」

「人外の出現は、白い竜か銀の竜が予言する。ちなみに、君たちの出現条件は、俺たちカンパニーが空木組と小競り合いをして、人間側に人的損害を与えること。そして、出現条件を満たし、出現が確定した時点で、各組織が所有権を主張し、時に奪い、時に金を積み、時に談合し、時に争い、所有権を得る。今回、君たちは俺たちが手に入れるはずだった」

「勝手に決めるナ」

「まぁそう言わないでさ。うちに引き取られるだけマシだよ？　よそに行ったら、まず、まともな扱いは期待できないからね」

「人間は相対的に好かぬガ、マキトとクロミヤはよくしてくれていル」

「そのマキトさんとやらが邪魔してくれたお蔭で、こっちは大迷惑だ。……まぁ、それはいいや。ちょっと横に置いといて……運命の進行上、君たちを手に入れるのにちょっと手荒な真似もしたけどさ、そこは同じ人外の誼《よしみ》で許してよ」

「貴様ラ、人外のくせしてずいぶんと人間臭い物の考え方で生きているのだナ」

「己の誇りを捨てた悪魔メ。人の世におもねって生きるのはさぞ愉快だろうヨ」

「君たち、いちおう皮肉が言えるんだな」

「貴様らの愚かな感性まで品位を落として喋ってやっているんダ」

「はいはい。なんとでもどうぞ。……で、どうすんの？　ケンカ売ってきたってことは、もう話はやめていいの？」

「勝手にやめるナ、この愚か者めガ」

「誰がやめていいと言っタ、この赤毛めガ」

「君ら……いい度胸してるな……」

「うるさイ、とっとと話を続けロ、このドーユジェントとショクソジェントが話に耳を傾けてやっているのダ、感謝して話セ」

「はいはい、あぁもうほんと……位の高い人外ってのはなんでこう気位も高いかなぁ……まぁいいや。……で、人外って二種類あるんだよ。元々この世界で生まれた人外と、君たちみたいに別の世界から来た人外。俺たちカンパニーの目的は、君たちのように別の世界から来たであろう存在が、どういった運命の差配でこの世界へ来たのか、それによってどういう作用をもたらすのかを解明し、その運命を利用して、この世界はもちろんのこと、ありとあらゆる世界、自分たちの運命、他者の運命、その生き死に、幸不幸、ありとあらゆる物事を自由にできるのではないか……って考えて、人外をたくさん集めてるんだ」

「そんなことはできなイ」

「大体にしテ、ドーユもショクもどうして自分たちがここにいるのか分からないのニ、それを他者が解明することなどできるはずもなイ」

すべては運命の差配だ。

神様の領分だ。

竜の職分だ。

これは、とりわけ、金色の竜にのみ許された特別なことだ。

「だからラ、ドーユとショクは運命に従っタ。金色の竜が決めた運命だから、信じタ。その為ニ、壊れた世界でたくさん抗っテ、生きテ、その上で運命に従うのが正しいと判じタ」

だって、金色の竜ロクマリアが言うことはいつも正しい。

ドーユとショクの一族はもう滅んだ。

生きていた世界も滅んだ。

壊れた。

生き残ったのは、金色の竜とそのあるじだけ。

だから、ドーユとショクを含むすべての生き物は、次の世界線で生まれ変わるか、同じ世界線が修復するその日まで、長い眠りについた。

そして、目が醒めたらこの世界だった、それだけだ。

だから、ドーユとショクは、平行線を越えて違う世界からこの世界へ来たのではない。分かれ道の無数に存在する地続きの世界線のどこかと、ドーユとショクが元いた世界。この二つを金色の竜が繋げて、ドーユとショクにそこで目醒めるよう指示しただけ。

ドーユとショクは、金色の竜の決定したその運命に従ってここへ来ただけだから、その運命を単なる人間や人外ごときが解明して、どうこうできるものではない。

「そういうことができるのは竜だけダ」

すべての世界を支配する三匹の竜のひとつロクマリアにだけ許された我儘だ。

「うん。だからこそ君たちの存在はすごく貴重なんだ。……なんせ、三匹目の竜が存在した世界からやってきた唯一の存在だからね。……ほら、君たちもご自覚の通り、あの世界はもう壊れているから、ほとんどツテがない」

「……壊れタ」

「そう、さっき君たちがそう言ったじゃないか」

「……こわれタ……ほろんダ……」

「ドーユとショクのいタ、世界ガ……」

　そこでやっと、ドーユとショクは「あぁそうダ、だから自分たちは永い眠りについたのダ」と思い出す。

　この赤毛と話すうちに、その事実を思い出せていたのに、自分の脳よりすこし遅れて、いま、やっと、その現実を心が受け止めて、その言葉の意味を理解する。

「滅んデ、壊れたカラ、眠っタ……」

「生きていけないかラ、眠っタ……」

　種の保存の為に。

　もう、あの世界では生きていけないから、眠ったのだ。

　ドーユとショクのいた世界は、もう存在できない。その世界が存続し、その世界で生きる為の様々な原理が崩壊し、消え失せてしまっていて、親も、兄弟も、家族も、仲間も、友達も、守るべき民も、同胞も、誰も、なにもかも、なくなってしまっている。

　だから、元の世界へ戻れたとしても、その世界を構成する要素はもちろんのこと、家族も、仲間も、国も、領地も、自然も、もうなにもない。

ぜんぶなくなるのを見届けて、ドーユやショクのように眠ることを選んだ者たちを見届けて、そうして、金色の竜とそのあるじだけがその世界に残って……。

本来、ドーユとショクは滅びを受け入れる思想であり、それ以外を認められる状況ではなかったはずなのに、その滅びを拒み、保存に走った。

「ドーユとショクはそうすべきだ」

そうしたら、きっと幸せになれる。

金色の竜がそう予言した。

だから、眠った。

……そして、この地で目を醒ました。

上界、中界、下界と三層構造のこの世界には、いくつもの世界線が存在する。

そして、この世界線というのは、横から見れば一本の糸だが、俯瞰で見れば平面になる。

平面ではあるが、その平面は無数にあって、次元や時間軸も流動的に存在する。

ひとつの平面ごとに宇宙の果てまで包括される世界観があって、その世界観がまた星の数より多く存在する。

しかも、ドーユたちがいたのは中界で、マキトたちがいるのは下界だ。

ドーユとショクの生きていた世界と、マキトとクロミヤの生きている世界は、互いに干渉できない階層に位置していた。

それを、金色の竜が、竜の力を使って、繋げた。

力技で、真ん中の世界のひとつと、下界の世界のひとつを、繋げた。

ドーユとショクが幸せになる為に、ドーユとショクという親友が生きていく為だけに、
金色の竜は運命を捻《ね》じ曲げた。

だから、こちら側の世界から、向こう側の世界へは戻れない。

だって、ドーユとショクの生きていた世界と、マキトやクロミヤの生きている世界は、
金色の竜が繋げてくれたから、ほんの一瞬繋がっただけの奇跡だから。

その奇跡的な技法の持ち主は、竜だけ。

そのなかでも特別な金色の竜だけが持つ奇跡。

金色の竜だけは運命を変えられる、支配できる、好きにできる。

白い竜と銀色の竜も、金色の竜に匹敵する力を持っているけれども、白い竜と銀色の竜は私欲に走る傾向があるので、金色の竜よりはできることが制限されている。

それでも、運命という絶対的なものに対する竜の影響力は強い。

ドーユとショクが元の世界へ戻るなら、こちらの世界に存在する白い竜か銀色の竜の力を借りることになるだろう。

そして、滅んだ世界へ戻り、そこで生きていけるようなら生き抜いて、死ぬしかないようなら死を受け入れるだけ。

この命は、もうずっと前に失っていたであろう命だ。

金色の竜の善意で、今日まで生き永らえたこの命だ。

ならばこそ、元いた世界へ戻って、自分の運命を受け入れるべきだ。

でも、その為には……。

「あァ、また悩みの種がひとつ増えタ」

「本当ダ」

ドーユとショクは、困り顔で笑った。

こちらに来て初めて、己の決断力が鈍ることもあるのだと知った。

こんなふうに困り顔になって、途方に暮れて、悲しくなることもあるのだと知った。

「君たちが向こうへ帰る時は、俺たちのやり方で帰ってもらう。運命がどう変わって、どういう世界にどういう影響を与えるか、俺たちはそのあたりを観測したいんだ」

「ドーユとショクで実験するつもりカ」

「まぁそうなるね。帰るついでじゃん。利用させてよ」

「やり口が汚イ。断ル」

「マキトのようニ、出会い頭に名乗るくらいの気概のある男でないと話にならン」

「えらく人間様に懐いたもんだなぁ」

「放っておケ。ヒトであろうとなかろうト、ドーユとショクは好きな者を愛すだけダ」

「大体にしテ、お前たチ、運命を変えてなにをするつもりダ？」

「いろいろだよ」

たとえば、好きな人を殺さなくてはならない運命にある人外は、好きな人を殺さずに、一生一緒に生きるか、せめて一緒に死ぬことのできる運命に変えたいと願っている。

たとえば、好きな男を殺してしまう運命の人外は、その男を殺さぬ為に、自分で自分の命を断つ運命を選ぶ。だから、人外に先立たれたほうの男は、その運命を覆したい。

「赤毛、貴様ハ？」

「……好きな子が長生きできる運命にしたいよね」

俺の好きな子は、すごく、すごく、短命なんだ。

「皆、自分の為ではないのだナ」

「そういうこと」

いつも、誰かの為。

愛する誰かの為。

そして、ありがたいことに、今回の人生では多くの人外たちがこの世界に集決している。

そのうえ、運命とやらに抗える方法があることにも気づいた。

気づいたからには、全員ひっくるめて巻き添えにして大きな問題にして、誰のせいでもないようにして、誰の責任でもないように事を運んで、みんなの総意で運命を変える。

「そうすれば、君たちの世界にいた竜のように、ただ一匹の竜だけにすべての運命の責任を押しつけなくて済む」

ありとあらゆる世界、即ち三界を永続させる為に、金色の竜とそのあるじだけを犠牲にしなくて済む。

その三界で生命循環する者が安穏と生きる為だけに、金色の竜とそのあるじに不老不死を強制しなくて済む。

「金色の竜よ、お前とそのあるじは、ただただ世界が存続する為だけに息をしていろ、死ぬな、どれだけ苦しくても生き続けろ、私的な幸福を捨て、森羅万象の為に存在しろ」

そんなふうに、全世界から強要される必要がなくなる。

運命を変えれば、運命を滅ぼせば、運命という概念を書き換えるなり消失させるなりすれば、また、新しい運命を創れる。

そうすれば、白い竜のように、運命を恨まなくて済む。

銀色の竜のように、運命を諦めなくて済む。

金色の竜のように、生き続ける必要はなくなる。

「本当はさ、金色の竜に死んでもらって運命の支配権を手に入れようって考えもあったんだけど、それは白いのと銀色のが反対して、計画が頓挫《とんざ》しちゃったんだよね」

「名案ではあるガ、愚策ダ。運命を変えたなラ、罰が降ル」

「運命を変えられるのは竜だケ。貴様の仲間の銀色の竜がこの計画の発案者であったとしてモ、そこに大勢がすこしずつ加担したなラ、それはもう竜ただ一人の意志で始められた運命の改変ではなイ」

「よっテ、運命は変わらなイ」

「だから実験してんだよ」

赤毛の男が笑った。

＊

停電だ。

赤毛の男が部屋を出ていった数時間後、部屋全体の照明が落ちた。

周囲は暗闇に包まれ、非常灯が点灯するより早くドーユとショクの眼が闇に光る。

「敵襲カ？」

「厄介だナ。ここには植物がなにもないから外の様子が分からなイ」

「出口を探ス……ショク、どうしタ？」

「煙……火事カ？　……違ウ、コレ、ドーユとショクの嫌いな匂いダ」

ショクは、けほんと咳《せき》をして、通気口の風上へ移動する。

そうする間にも、部屋の外がにわかに騒がしくなり、そこかしこで発砲音が響き、小規模の爆発がいくらか続き、床や壁が共振する。

戦争だ。

それも、蛮族の戦ではなく、この世界の戦争だ。

人外の多くは、電化製品や機械系の攻撃に弱い。ドーユとショクもそうだ。育ってきた環境に存在しない物事にはどうしても恐怖心が先行して、行動に躊躇いが生じる。

だが、このビルにいる人外は、そうとは限らない。

彼らは携帯電話を使って連絡を取り合い、電子機器を多用し、インターネットで情報を収集し、無機質なビルを拠点にして、窮屈なスーツを着用し、靴を履き、車や電車に乗り、人間的な娯楽を享受して、現代的な文明を謳歌している。

だから、彼らは、電気が明滅したり、発煙筒やスプリンクラーが作動しても、ドーユやショクのように驚かない。……驚かない分、慢心が生まれる。

彼らは、限りなく人間に近い生活様式で過ごすうちに、人間社会にのみ存在する薬品のにおいを生活臭として判別し、機械の作動音を生活音として処理するようになった。

この世界に馴染みすぎた彼らは、自分たちの能力がドーユやショクより退化していることを理解していない。どれだけ耳が良くても、鼻が利いていても、身体能力が優れていても、彼らには、ドーユやショクほどの敏感さが存在しない。

ドーユは扉を蹴り壊し、外へ出る。

部屋の外は作動したスプリンクラーで水浸しになり、廊下の低い位置には煙が充満していた。照明も落ちて、非常灯が点灯している。建物中に避難警報が鳴り響いていて、あまりのうるささに、ドーユは思わず頰を歪めた。

「この煙ハ？」

「単なる煙幕ダ」

ドーユやショクは、それが身体に影響がないと即座に判断できたが、カンパニーの人外はそうもいかないらしい。現状放棄して避難したようで、見張りが持ち場にいなかった。

よっぽど鼻の利く人外以外は、これが有害か無害かさえ判断できないのだろう。

ほんの一瞬の混乱だが、ドーユとショクが逃げるには充分な時間だ。

こんなことを考えつくのは、マキトとクロミヤだ。

ずっと一緒にいて、ずっとドーユとショクを見守ってくれて、なにに怯えて、なにに敏感で、なにをすればどうなるかを理解してくれたから、できることだ。

ドーユとショクは、二人を探して廊下を走った。

「ドーユ……」

「うン」

二匹は、空中回廊で繫がったビルの別棟にいた。

マキトとクロミヤを探したいのに、なぜか、ここへ足を向けさせられていた。

空中回廊には、亜熱帯植物の生い茂る温室があった。

ドーユとショクがいたビルよりも背の低い別棟は、その温室が最上階のようで、透明の屋根に覆われている。久しぶりに見た空には灰色の雲がかかり、その雲間から、わずかに薄水色の青空が覗き、白く眩しい陽光が降り注いでいた。

この建物は煙幕の影響を受けていないようだが、空気はひどく重い。

植物が多くあるのに、ショクは息苦しさを覚え、それでようやくこの温室の植物の大半が死にゆく途中にあることに気づく。

ドーユは、道すがらの地中に横たわる動物の死骸《しがい》や、そこかしこに放置されている動物の腐った肉や骨だけになったそれに顔を歪めた。

「ドーユ、ここには生きているものがなイ」

「ショク、ここは長居すべきではなイ」

それが分かっているのに、なんらかの絶対的な力によって、二匹の足は奥へ奥へと招かれるように進む。

ここは見た目以上に奥行きがあるのか、それとも、人ならざる者の世界と繋がっているのか……、さして広くないはずの敷地に朽ちた屋敷が建ち、濁った川が流れ、腐臭の漂ってガスの発生する湖があり、その湖のほとりに四阿《あずまや》があった。

四阿には、竜がいた。

銀色の竜だ。

人の首、人の胴体、人の両足。けれども、顔面の半分は竜で、両腕は竜の前脚、背骨は竜骨が隆起してまだらに歪み、自力で立つことも座ることも難しそうだ。骨だけになった翼と、とぐろを巻く尻尾があり、灰をかぶった銀色の鱗で全身が覆われている。

かろうじて人間の様相こそ保ち、マキトの母親のような着物をまとっているが、これは、竜だ。

それも、もうすぐ死ぬ竜だ。

竜は、特殊だ。

白い竜と銀の竜の命は有限で、金の竜の命は無限。

この銀色の竜は、もうすぐ死ぬ。

ひと目で、それが分かった。

水銀と、白銀と、純銀。それらに孔雀色の反射を加えた不思議な風合いの竜眼が、ドーユとショクを見やる。

ドーユとショクが目にする竜の顔の左側面は、眼球が顔の三分の二を占め、顎先まで抉れた口からは欠けた牙が覗き、顎の付け根や眼球のすぐ横から大人の腕よりも長い耳が生えて、だらりと垂れ下がっていた。

「銀色の竜、ドーユとショクを呼んだのは貴様カ」

ドーユとショクは、竜の横顔が見える位置に立つ。

「あぁ」

銀色の竜は、短く応えた。

わりと男らしい、それでいて皮肉屋のような声色だった。

「死ぬのカ」

「今日明日ってところだな」

銀色の竜は力なく、けれども絶望もなく、笑った。

「この温室ハ、貴様の力で成り立っているのカ」

「だからラ、ここにあるものすべて滅びつつあるのカ」

ドーユとショクの言葉に、竜は口端を持ち上げた。

答えずとも、返事が明白な問いかけだからだろう。

もう、歩くことはおろか、自力で姿勢を変えることすら困難なようで、銀色の竜は四阿の円柱に凭《もた》れかかり、鱗に覆われた両足を投げ出して、尻尾と翼手でかろうじて体を支え、片方の竜眼だけでドーユとショクを見つめている。

「お前たちからは、ロクマリアの匂いがする。……ドーユジェント、ショクソジェント、……お前ら、ロクマリアの血を飲んだことがあるな?」

「……あル」

竜に嘘をついても見破られる。

ドーユとショクは正直に答えた。

竜の血を飲めば、重症も大病もたちまちのうちに治る。ドーユは戦争で大きな怪我をした時に、ショクは流行《はや》り病で死にそうになった時に、それぞれ金色の竜の血を飲んだ。

「……大前提が違うのか」

じゃあ、今回はどう足掻《あが》いても運命は変わらないな。

ドーユとショクと交わしたその短い会話だけで、竜はそれを悟ったのだろう。

次の瞬間、なんの衒《てら》いもなく、竜は、自分の頭を潰して死んだ。

頭蓋骨《ずがいこつ》を己の竜の手で握り潰して、死んだ。

「ドーユ……」

「……………ショク」

ドーユとショクは得体の知れない恐怖にさらされ、震える手指をさまよわせ、互いの温《ぬく》もりを求めて手を繋ぎ、肩を寄せ、けれども竜の遺骸から目を離せず、震える。

「………意味ガ、分からなイ……」

「なんダ、これハ……」

竜の血液と脳漿《のうしょう》、脳髄、割れた頭蓋骨が散った四阿で、立ち尽くす。

奇妙に歪んだ竜の死に顔。その左の横顔だけを見て話していたからドーユとショクは知らなかったが、事切れた竜のもう半分の横顔は、とてもとても美しかった。

ロクマリアに、どこか似ていた。

「ウル、ご命令通り、侵入者を連れて参りました」

スーツ姿の金髪の男が四阿に姿を現す。

その背後には、マキトとクロミヤがいた。

「マキト！　クロ！」

ドーユとショクは、竜の死体から逃げるようにマキトとクロミヤに駆け寄った。

金髪の男と場所を入れ替わるようにすれ違うが、その男の行動に注意を向ける心の余裕はない。

ドーユとショクは、マキトとクロミヤに抱きしめてもらうことしか考えていなかった。

「二人とも無事か」

「無事！　マキトとクロも無事カ？」

「ここはこわイ。帰りたイ、マキト、クロ、早く帰ろウ？　ここにいたら気が狂ウ」

「……クロ、ドーユのお顔を拭《ふ》いテ。竜の血がついタ。あの竜はだめダ。血が腐っていル。臓物モ、肉モ、骨モ、ぜんブ……、マキト！」

クロミヤの腕に縋りついていたドーユが、言葉途中で叫んだ。

本能的にか、咄嗟の判断でマキトの腰に尻尾を巻きつけ、自分の背後へ引き倒す。

「金髪男！」

竜の死骸を抱いた男が、マキトの頭を狙って銃弾を放っていた。

その弾丸をショクの触手が捕えて落とす。

「マキさん、下がって！」

クロミヤもまたマキトを庇い、銃口を金髪の男へ向ける。

そのクロミヤごと守る盾となるように、ドーユとショクが立ちはだかる。

ドーユもショクも、この金髪男は一筋縄ではいかないと理解していた。

この男は、銀色の竜の加護を一身に受けている。

この男を相手にすること即ち、銀色の竜を相手にするのと同義だ。

二匹は、逡巡《しゅんじゅん》せず本性をとった。

その姿をマキトとクロミヤが見て、それで恐れられても、怖がられても、拒絶されても構わない。

ただただ好きな男を守れれば、それでいい。

家族を守れたなら、それでいい。

その一心で、迷うことなく本性をさらした。

ぐるぐる、うるうる。大型の四つ脚の獣が、唸る。

一匹は赤や金の混じった褐色で、もう一匹は黒と見間違う緑色。

一匹は尻尾が毛皮で、もう一匹は尻尾が太い触手。

そして、二匹ともが翼を持っていて、角があって、色違いなだけの、同じ体軀《たいく》。

双子の獣は、ヒト型の時は似ていないが、本性はそっくりだ。

「…………」

金髪男は、変わらず無表情だ。

頭の半分崩れた竜を大切に抱きかかえ、血まみれのその額に頰を寄せている。

人外の本性を現しもしないし、なにか特別な力を使う気配もない。

拳銃ひとつで、ドーユとショクに対抗するつもりでいる。

「ドーユジェントとショクソジェントに歯向かうなら殺ス」

「ドーユジェントとショクソジェントのつがいに手を出したなら殺ス」

二度とこの二人に手出しできぬよう、徹底的にぶちのめす。

力が絶対の世界で生きてきた二匹は、力を誇示する。

「貴様らがウルトレーヤを殺したか？　それとも、……この人は、自分で死んだか？」

「その竜が勝手に死んダ！」

「頭を潰してナ！」

金髪男の問いかけに、二匹は怒声で応じる。

「ドーユ、ショク、落ち着け。……な？　とりあえず話だ、その金髪はわりと話が通じるから……落ち着け、大丈夫だ」

暴走しがちな二匹の首根っこを摑んで、マキトがどうどうと押さえこむ。

「いやダ！　この男はいまマキトを殺そうとしタ！」

「大丈夫だ、ありゃたんなる腹いせだ。……お前らも分かるだろ？　目の前で仲間が死んだら、一瞬逆上するくらいの感情があるのは……」

マキトは声を低く、二人の目を見て、「言うことを聞け」と命じる。

「……マキト、怒っタ？　怒ったらやダ……」

「ドーユもショクも、ただ、マキトが……」

ドーユとショクは言い訳がましくぼそぼそ反論して、それでも、マキトの視線をちらりと見て「おこんないで……」と、耳と尻尾を巻いてしゅんとなって従った。

「よしよし、ありがとな」

ドーユとショクが、マキトの足もとに伏せて前脚をそろえる。

怒っていないことを伝える為に、マキトは二匹の顎下を撫でた。

耳と耳の間のふかふかの頭の部分をなでなでされて、ドーユもショクもご機嫌だ。

二匹は、角が生えているのも忘れて、いつもの癖でマキトの脇の下に頭を突っこみ、すりすり、ごろごろ。きゅっと目を細めて、尻尾でべちべちクロミヤの頬っぺたを叩く。

　ドーユとショクが落ち着く頃には、金髪の男の傍に、赤毛の青年と黒髪の少年の二人が立っていた。黒髪のほうは見覚えがないが、赤毛のほうは知っている。ドーユとショクを相手に、べらべらとおしゃべりをしていたあの男だ。

「カンパニーはそちらの飼い犬から手を引く。そちらのドーユジェント殿とショクソジェント殿は持ち帰っていただいて結構だ」

　金髪男は、事切れた竜を腕に抱いたまま、抑揚のない声でそう宣言した。

「それでいいのか？」

「時間切れだ」

　金髪の男は、再び、血まみれの竜の額に唇を寄せる。

「お前らは、その竜を救いたかったのか？」

「いいや、俺が救いたかった」

　金髪の男は、己の腕のなかにいる竜を。

　赤毛の男は、その隣にいる黒髪の少年を。

「取引はどうする」

「継続だ」

　金髪の男が救いたかった竜は死んだが、この赤毛のように救いたい者が生きている者はまだいくらでも存在する。

「じゃあ、こいつらを元の世界へ戻す為の情報を提供してもらおうか」

「もうウルがした」

「……？」

「家に帰って、その二匹の獣の血を飲んで眠れ」

竜は、きまぐれにヒトの望みを叶《かな》える生き物。

マキトの願いは、もうウルが叶えた。

あとは時間がそれを解決する。

「マキト？　なにがあっタ？」

「クロ、どういうことダ？」

ドーユとショクは、マキトとクロミヤの間で鼻先をうろうろさせる。

「ここに来るまでの間にな、そこの金髪と取引したんだよ」

マキトは、二匹の湿った鼻先をつまんだ。

ドーユとショクが本来の世界へ帰る時に、カンパニーにもその場に同席させてやる。

マキトはカンパニーにそんな取引を持ちかけた。

ここへ来るまでの道すがら、金髪男と話をするうちに、どうやら、ドーユとショクが元の場所へ帰るということは運命を修正するということらしいと理解できた。

運命を修正するということは、カンパニーの目標である運命を変えるということにも、限りなく近似値となる。

だが、マキトは、カンパニーの欲得の為だけにドーユとショクを利用することは許さない。けれども、ドーユとショクが帰る時にどういう状況になるのか、それを見学するくらいはさせてやる。だから、ドーユとショクをマキトに返せ。ついでに、向こうの世界へ帰る為の情報があるなら、それを提供しろ。そう提案した。

それは、カンパニーにとっても悪くない提案のはずだ。

狭い人外社会だ。

同族殺しこそする彼らだが、ただでさえ絶対数の少ないドーユとショクといった稀少《きしょう》な者たちを、いたずらに減らすような真似は避けたいはずだ。

無為にマキトたちと殺し合って、最終的に、「ヒトと争っているうちに、そちらにばかりかまけてしまい、運命を変える実験さえできず、好きな子も失って、誰も、なにも、救えませんでした」……という結果になるよりは、ずっといいはずだ。

「それに、やり方が違うってだけで、カンパニーと俺たちの目的は共通だ」

ドーユとショクを元の世界へ戻す。

マキトは、その願いさえ叶えられれば、それでいい。

「……とにかく、お前らを助けられて良かった」

マキトは、ドーユとショクの背中に凭れかかって脱力した。

「……戦わずに勝負する方法」

「ドーユとショクが怪我をせずにちゃんと向こうへ帰るこト」

それが、マキトにとっての勝利だ。

ドーユとショクは背中にマキトの重みを感じながら、顔を見合わせる。

もし、ここでドーユとショクが正面から戦っていたら、きっと無事では済まない。

もしかしたら、片割れが欠けていた可能性だってある。

マキトは、そうさせない方法を選んだ。

銃、大砲、火矢、投擲《とうてき》、地雷、爆弾。

血みどろの暴力だけが戦争ではないとドーユとショクに教えるように……。

その為に、きっと、たくさんいろんなことをしたのだろう。

たくさん、たくさん、奔走してくれたのだろう。

「昨日、別れたばかりなのニ、マキトはなんだかやつれて見えルル」

「それはお前らが俺とクロミヤをばかすか眠らせるから、くっそ眠くてビタミンとカフェインとちょっとアレでソレなやつを大量摂取して強引に目ぇ醒ましてるからだよ」

次にもう一度眠ってしまったら、たぶん、目覚めるのは三日後くらいだ。

それくらいショクの力は強力なのだ。

「次があったら加減してくれ」

「そうする」

ショクは頷いて、マキトを見上げた。

次はないと思っている顔だと、思った。

こんなにも愉快で、こんなにもはちゃめちゃな経験はもう二度とできない。きっと、これが最初で最後だ。マキトがそう思っていて、それを悲しんでいるのだと分かった。

笑っているけれど、そういう顔だった。

マキトのそれは、どこか諦めたような表情。

さっき死んだ竜みたいな表情。

いつもみたいに、優しく見守ってくれる顔じゃなかった。

ドーユもそれに気づいたのか、ショクとマキトの間にぐにゅっと顔を挟み、喉の奥で、きゅう……と鳴いて、元気のない尻尾を垂らしている。

そんな三人を遠巻きに見つめながら、クロミヤは、「マキさんがせっかく幸せを摑めそうやねんから、二人には帰って欲しないねんけどな……」と漠然とそう思い、けれども、三人が決めたことなら自分が口を挟むことではないと、首を横にした。

せっかく、すべての物事がうまくまとまりそうなのに、なんだか、四人のうち誰も納得している表情ではなかった。

【3】

ここにいると、心も腹も満たされる。

なのに、もっと愛されたい、もっと愛したい……と、欲が尽きない。

「……ドーユは、己という生き物は本能に忠実なだけだと思っていたガ、存外、恋だの愛だので馬鹿になるようダ」

「ショクは、己を無欲だと思っていたガ、存外に貪欲《どんよく》デ、強欲デ……、執着など持たないと思っていたガ、優柔不断であったようダ」

ドーユとショクは手を繋《つな》ぎ、うつらうつら、まどろむ。

「……ショク」

「んー……？」

「四人、っていいナ」

「……うン、いいナ」

「ずっと二人だけでも充分に幸せだと思っていたけれド、四人というのハ、いいナ」

「あァ、すごくいイ」

「ウン、すごク、すごク、すごク……いイ」

数が増えれば増えるほど、幸せも増えるのだと知った。

ドーユはショクを愛していて、ショクはドーユを愛している。それで完結すると思っていた愛が、まだまだ発展の余地があるのだと、マキトとクロミヤに教えてもらった。

「……ドーユ、泣いたらだめダ」

「……ショクも、泣いたらだめダ」

悲しいことなんてひとつもないのに、涙が溢《あふ》れる。

愛し方にはまだまだ幅や奥行きがあることを知れて嬉《うれ》しいはずなのに、目の奥が熱い。

もうすぐ帰れるのに、鼻の奥がつんと痛む。なにひとつとして悪いことはないはずなのに、ぽたぽた、ぽたぽた、互いの頬《ほお》に、雨粒のように涙が落ちる。

新しい愛の深みを知った。ならば、たとえ別れ別れになったとしても、その事実は変わらない。ただ、四つのものが二つずつに別れるだけで……、でもそれは死によってもたらされる一生のさよならではないから悲しくないはずなのに、涙が止まらない。

ひっ、ひっ、と嗚咽《おえつ》が漏れて、肩が震えて、喉《のど》の奥が引き攣《つ》れて、胸が苦しい。

「ま、マキさん……」

ずり落ちたブランケットをかけ直そうとしたクロミヤが、マキトを呼んだ。

「クロ、くろ……」

ドーユはクロミヤの手を握り、ぎゅっと胸もとへ引き寄せる。

クロミヤはベッドの端に腰かけ、ドーユとショクの頭を交互に撫《な》でて、「大丈夫ですよ、こわいことも、悲しいことも、なんもあらしませんからね。大丈夫……」と優しく宥《なだ》め賺《すか》す。

「どうした、泣き虫。目玉がとろけるぞ」

すこし遅れて、ドーユとショクの頭近くに座ったマキトが、ぼちょぼちょに濡《ぬ》れた二人の頬を拭《ぬぐ》って、額に唇を押し当てる。

「もうちょっと寒くなったら、美味《うま》い魚料理とか用意しますから……ドーユさんとショクさんの故郷の味？　とかも頑張って作ってみますから、泣かんとってください……」

クロミヤは一所懸命いろんなことを喋《しゃべ》りかけて、二人の気を逸《そ》らそうとする。

「ショク、……クロミヤの作るごはんがいィ、いつものでいィ……」

「もうすぐ帰れますから、そしたら、きっと、悲しくないですよ。故郷ですから、楽しいこといっぱいです。家族にも、兄弟にも会えます。……あ、そしたら、俺がご飯を考えんでもえぇんですよね……。向こうで好きなもん、よぉさん食べられますもんね……」

クロミヤがそんなことを言うから、ドーユとショクは悲しくないはずなのに、どんどん悲しくなってしまい、また涙が溢れる。

「お前たちが帰るなら、一緒にメシ食うのもあと何回になるかな……」

クロミヤに代わってマキトがそうフォローするけれど、追い打ちをかけるだけだ。

だって、そう言うマキトの言葉や表情が、さみしそうなのだ。

隣にいるクロミヤも、同じ顔しているのだ。

悲しくないはずなのに、悲しい。

ドーユとショクは、悲しい。

悲しいのは、なにが悲しいのだろう。

命あるものは、いつまでもずっと一緒にはいられない。

だから、生きている時に、一緒にいる時に、傍《そば》にいる時に、惜しみなく愛を差し出して、
喜びを分かちあって、好きと言える時に大声で好きと叫んで、大事にできる時に大事にして、その関係が長く続くように努力する。

そうして自分に正直に生き抜いていれば、いずれくる別れ際にも納得できる。

そうすれば、さみしさ、悲しみを抱いたとしても、後悔だけはしないはず。

後ろ髪を引かれることなんてないはず……。

なのに、離れたくないなぁ……と思う。

帰ることにばかり気を取られていて、もう二度とマキトとクロミヤに会えなくなることを失念していた。

だって、ついひと月ほど前までのドーユとショクは、人と人が知り合って、それぞれの道を歩んで別れることには、なんの不幸も悲しみもない、前途洋々の明るい運命だと思っていたから……。

＊

ベッドで団子になってぐずっていたドーユとショクも、長い時間かけて、マキトとクロミヤが根気よく二人がかりで宥めているうちに眠ってしまった。

感情表現が、赤ん坊や乳幼児みたいに素直な二匹だ。

腹が空《す》いたら泣く、泣いたら寝る、傍に安心できる人が来たら泣き止《や》み、腹が満たされたら また眠り、そして、心が不安を感じても、泣く。

「……これ、ホームシックにかかってるんだよな？」

「これって、そういう分類でえぇんですか？」

「だって夜中に泣くんだよ、……泣き声を聞いてると、たまらない気持ちになってくる」

めそめそ、しくしく、すんすん。眠りながら、二人寄り添って泣くのだ。

ドーユとショクにも故郷を想う心はある。だが、それ以上に、ドーユとショクは、己を表現する言葉をたくさん持たず、仕草や行動で表す生き物だ。

この二匹は誇り高い生き物だから、一度たりともマキトやクロミヤに、「故郷が懐かしイ、いますぐ帰りたイ」と、どうにもならない思いを訴えたり、「もういやダ！」と泣き叫んで憤ったり、「どうしてこんなことニ……」と恨み辛《つら》みをぶつけたりはしなかった。

マキトやクロミヤは、表情と同じくらい言葉にも重きを置く生き物だから気がつきにくいだけ。ドーユとショクは感情を言葉にしないだけで、それらはちゃんと存在する。

「俺にも弱音を吐いてくれないんだ……そういうのは、見ていて可哀想《かわいそう》になってくる」

二人だけで悲しみを抱えこんでいる姿を見ていると、苦しくなってくる。

「マキさん……」

「あの竜と会ってなにか思い出したか……ドーユとショクに里心がついたんだろうな」

「……前の世界のこと、ぜんぶ思い出しはったんですかね？」

「二人きりの時に、俺には分からん言葉で話しているから、そうなんじゃないか？　時々は、いままで話したことのない家族の話や、向こうの様子なんかを教えてくれるしな」

そうしてマキトに話した日は、余計に泣く。

「ほな、昨日ぐずってはったんも、それが原因やったんですかね……」

耳と尻尾《しっぽ》をぺしゃんとしたドーユと、お水をこぼしてぼちょぼちょにしたショクが、ぼんやり、日暮れいく山際を見つめていた。その日は、おやつの量も少なめで、クロミヤがなにを話しかけても生返事で、べったりマキトにくっついていた。

それどころか、クロミヤまで呼びつけて、ドーユとショクを二人で挟むように座れと駄々を捏《こ》ねた。しょうがなしに、男四人でソファにぎゅうぎゅう詰めになって、右からマキトがドーユを撫でて、左からクロミヤがショクを撫でた。

二人がかりで慰めている間も、クロミヤは、「腹でも空いてはるんかな？　今日の晩ご飯はお肉にしよかな？」と、そんなことでどうにかできるかもしれないと安直に考えていたが、マキトは、ちゃんと二人の気持ちに気づいていたらしい。

だから、心配して、気遣って、ドーユとショクの為《ため》にここ数日は仕事もしていない。

クロミヤは、マキトの横顔を見つめ、「なんか、この人、変わったな……」と思った。

ドーユとショクと一緒に過ごした時間は短いのに、過ごす前とはぜんぜん違う。

マキトは、自分の感情の深いところをクロミヤに喋ったりしない性格だったし、「見ていて苦しくなる」とか、そんなことをクロミヤの前で口走ったりすることもなかったし、いつもどこか飄々《ひょうひょう》としていて、こんなに人間臭くなかった。

だから、マキトのそれのなにがいままでと違うのかと問われれば返答に詰まるけれど、マキトがまとう雰囲気そのものが違うのは確かだった。

ドーユやショクを見る眼差《まなざ》しは、優しくて、穏やかで、愛《いと》しいものを見つめる為のもの。

もともと、おおらかな気質で、鷹揚《おうよう》な性格で、あまり細かいことにこだわらないタチだったけれど、いまのマキトは、自分自身のその性格を楽しんでいるように見えた。

ドーユとショクが傍にいることで、マキトの持つ本来の長所が引き出されて、マキトが息をしやすいような、生きていきやすいような、そんな感じがした。

そう、それだ。

マキトがマキトらしく生きている。

ドーユとショクのお蔭《かげ》で。

「……クロミヤ、どうした？」

「あ、いや、すんません、ぼけっとしてました」

「傷が痛むか？　ドーユとショクを助けに行くのに無理させただろ」

「いや、それは大丈夫です。……その、ショクさんが舐《な》めてくれる唾液《だえき》のお蔭で傷が早く治ったり、痛くなくなる成分があるみたいで……それに、ドーユさんも重い荷物は持ってくれはるし、最近はお風呂《ふろ》も協力的で……」

「……ドーユとショクは、お前には徹底的に優しいよな」

「そうですか？」

「そうだろ？　散歩中に見つけたきれいな物はぜんぶお前に持ってくるし、お前が一緒なら風呂にも入るって言うし、メシ食う時もお前が呼ばなきゃテーブルにつかない」

「……マキさん、もしかして、やきもち焼いてます？」

「やきもちなのか、これ？」

「俺に訊《き》かれても分かりません」

「まぁ、そうだよなぁ。……いや、うん……やきもちもあるんだけどな、なんていうかな……お前とドーユとショクが仲良くしてくれるのが嬉しいんだ」

「……そうですか」

あ、またあの表情だ。

マキさんが、マキさんらしい生き方をしている表情。

息のしやすいような、楽に生きていけるような、そんな雰囲気。

「……えぇなぁ」

「なにがいいんだ？」

「……すんません。独り言です」

「でかい独り言だな。クロミヤ、お前もちょっと休め、あとは俺が……」

そう言いかけてマキトはくすりと微笑《ほほえ》み、大きな欠伸《あくび》を誤魔化《ごまか》すクロミヤの頬を撫でた。

「マキさん……？」

「寝ろ。ほら、いっぺん手ぇ放して」

ドーユがクロミヤと手を繋いだまま眠るから、マキトはその手を一度離させる。

じっとマキトの行動を見やるクロミヤを強引に抱え上げて、三人をベッドに上手に詰めて寝かせてやる。

クロミヤは気恥ずかしそうにしていたが、寝惚《ねぼ》けたドーユの耳と尻尾のふぁふぁにくすぐられ、ショクのすべすべの肌に寄り添われているうちに、また大きな欠伸をして、二匹と手を繋いで、マキトに見守られながら寝た。

二十歳《はたち》とはいえ、こうしているとまだ子供みたいな寝顔だ。

ドーユは獣の赤ん坊みたいだし、ショクは孵化《ふか》する前の幼虫みたいで、三兄弟が並んで昼寝する姿を眺めながら、「こういうのもいいもんだなぁ」と、しみじみ思う。

そうして眠る三人の傍から離れがたくて、マキトはいつまでもその寝顔を見つめる。

いつまでも、いつまでも、どれだけ見ていても、飽きない。

ずっと見ていてられる。

そうして見ているだけなのに、口端がゆるむ。

永遠にこの時間が続いて欲しくて、触れると目を醒《さ》ましてしまうのではと思うと恐ろしくて、頭を撫でてやりたいのに撫でられず、額にかかる髪をよけてやりたいのにそれもできず、じわりと汗の滲《にじ》む首筋のそれを拭ってやりたくてもできず、唇を触れさせたくてもできず、ただ、じっと見つめている。

でも、こんな日々も、もうないんだなぁ……と思っている。

心のどこかで、その覚悟をしろと自分に言い聞かせている。

「……マキト？」

「うん？　どうした？　視線がうるさかったか？」

寝惚けたショクが手を伸ばしてくるので、その手を取り、手の甲に唇を押し当てる。

「マキト、さみしイ？」

「いや、しあわせだな」

そう答えるのがマキトの約束だ。

これから元の世界へ返してやる生き物に、さみしいだなんて言ってはいけない。

ふわふわ夢見心地のショクは、「マキトはうそがヘタ、いじっぱリ、思いやり方が間違ってル……ふふっ、アルキヨみたい……」とふにゃりと笑って、また瞼《まぶた》を閉じた。

「よその男と比べてくれるな」

俺はきっとその男よりはずっと素直だし、思いやりもまっすぐだし、そこまでひねくれてないし、意地っ張りでもないぞ……と、さしてよく知りもしない男と張り合う。

感傷的になりがちな思考をそうして追いやり、マキトは、薄く開いたショクの唇を吸い、ドーユにもしてやって、それから、横に並んで眠るクロミヤにも流れ作業でキスしそうになって、ふと止《とど》まり、「……いや、クロミヤはそういう対象じゃなかっただろ……」と思い出し、クロミヤにはブランケットをしっかり着せかけてやった。

「そういう対象じゃねぇって……その前に、風呂場で抜いてやってんじゃねぇか」

キスだけはできないって……なんだよそれ、ガキでもあるまいし……。

マキトは自分のなかの矛盾にぐしゃりと頭を掻《か》き、ドーユとショクの鼻をつまむ。

この二匹が現れてから、親が亡くなった時以上に、それよりももっとずっと強い感情で、自分の運命やら、幸せやら、死生観やらが揺らいで、考え直しをさせられて、それがどうにもいやな気分じゃなくて、穏やかな革命の真《ま》っ只中《ただなか》にいるようで……、不思議だ。

マキトはゆっくりと立ち上がり、三人を見下ろして、俯瞰《ふかん》の位置から自分自身さえも客観的に見つめて、結局、そのどれもぜんぶ、自分の気持ちも含めて、いま、ここにあるすべてが愛しくて、どうにもたまらなかった。

＊

ドーユとショクの血を一滴ずつもらって飲んだのが、彼是《かれこれ》四日前。

銀色の竜は、たまさか、きまぐれに、死ぬ前に、マキトの願いを叶《かな》えてくれた。

マキトの願い事は、ドーユとショクを元の世界へ戻す方法を知ること。

それを知るには、金色の竜の血が混じったドーユとショクの血を一滴ずつ飲むこと。

それを実行してみたけれど、なんの変化も起きず、朗報が舞いこんでくるわけでもなく、マキトが、「こりゃ、ほかの方法を探したほうが早いかもしれんなぁ……」と思い始めたその夜、やけに現実味のある夢を見た。

現実味があるのに夢だと分かったのは、夢の世界が、マキトの生きている世界とはまったく違う景色や空気だったからだ。

隣に立つクロミヤも、「これ、夢ですね」とあっけらかんとした様子でそんなことを言っていたし、周囲を見渡すショクも「夢だナ」と頷《うなず》いていて、鼻を鳴らしてなにかの匂《にお》いを探すドーユも、「匂いも感覚もある夢ダ」と青空に手を伸ばしていた。

ぱっと見は、ヨーロッパの旧市街地のような、そんな風景だった。

建物は一九〇〇年代のアールヌーボーやアールデコ様式に近く、ものすごく古めかしいわけではないが、明らかに日本の景色ではない。

石畳がずっと続いていて、馬車とクラシックカーが走る。カフェではコーヒーや紅茶を楽しむ人の姿が見てとれるが、着ている服はまるで映画のなかの登場人物だ。

そして、その誰《だれ》しもが現代的な恰好《かっこう》をしているマキトとクロミヤを不思議に思わず、獣の見た目のドーユやショクに見向きもしない。

「君たちのことが見えてないからな」

「……っ」

背後から声をかけられ、マキトは息を呑《の》む。

「ロク……？　ロクマリア！」

マキトが振り返るより先に、ドーユがその男に飛びついた。

飛びついたが、すり抜けた。

ドーユは石畳に着地して振り返り、小首を傾《かし》げて、もう一度その男に飛びついて抱きしめようとして、両腕が空を掻いたところで、「夢だナ！」と大きく頷いた。

「そう、夢だよ。……ごめんな、いま、俺たちとドーユたちが生きてる世界は違うんだ。だから、触れないんだ」

白っぽい金色の髪の青年が、子供みたいに屈託ない顔で笑った。

彼は、マキトの世界の恰好ではなく、この夢の時代に相応《ふさわ》しい恰好をしていた。ジョッパーのようなズボンとブーツ、丈の短いコートだ。

よく、似合っていた。似合っていたけれど、ロクという青年は、クロミヤが着ているような若者の服が珍しいのか、それとも懐かしいのか、なんとも形容しがたい眼差しでクロミヤの服を見やり、「ほら、アルキヨ、あぁいうの、あぁいうのがいいんだよ。俺、あぁいう服のほうが好きだし、着やすい。こういうかっちりした服よりさ、断然いいじゃん」と自身の背後に立つ男を仰ぎ見た。

「アレは、お前が暮らしていた時代の恰好だろ？」

「大体そう。あんま変わってないなぁ……」

「お前はもっと着飾ったほうがいい。俺は、地味は好かん」

アルキヨと呼ばれた男は、随分と背が高く、不思議な色味の髪と瞳《ひとみ》を持っていた。

こちらは三つぞろえの背広姿で、長いコートを羽織っている。

まるで古い映画に出てくるマフィアか、戦争映画の軍人だと思った。

なにせ、顔がすこぶる男前で、しかも、どちらかというと悪人顔だから、隣に寄り添い立つロクの、それこそ人外のなかでも最上級の美貌《びぼう》と相まって、ひどく耽美《たんび》で、倒錯的で、それでいて非現実的で、まるで、だから、そう……映画でも見ているようだった。

「久しぶり、ドーユ、ショク。元気そうで良かった」

「ロク、ドーユは、ドーユはナ、目が醒めたらマキトたちの世界にいテ……」

ぶんぶん尻尾を振りたくる。ロクに触れないと分かっているけれど触りたい気持ちが抑えきれないようで、ロクの傍から離れず、身振り手振りで話し、その手をロクに差し伸べて、触れられなくて、耳をぺしゃりと伏せて、「……ロク」と情けない声で呼ぶ。

「ロク、ショクたちを生き永らえさせたのはロクで相違ないナ？」

ショクのほうがまだ冷静で、ドーユの隣に立ち、ドーユの頭を撫でて慰めている。

「うん、間違いない。俺がそうなるようにした。……で、ウルから死に際に頼まれて、夢に出てきたんだけど、ドーユとショクは元の世界に戻りたいんだって？」

「……すまん、口を挟んでいいか？」

「どうぞ？」

マキトの言葉に、ロクは愛想よく応じた。

愛想は良かったが、ドーユやショクに対するそれよりも、マキトに対する当たり障りはどこか冷たいものがあった。

「銀色の竜とやらが死んだのは彼是四日も前なんだが……なぜ、いまになって出てきた？」

「アンタらが交尾しすぎで出てくる暇なかったんだよ」

ロクは、鼻先で笑い飛ばした。

血を媒介にして、夜、四人が寝ている時に、ロクのいる世界へ呼ぶ。

呼んだら、ドーユとショクの困りごとを解決する方法を教えてあげる。

ただそれだけのことをするのに四日もかかったのは、この、マキトとかいう絶倫男が、毎晩、毎晩、ドーユとショクと交尾ばっかりして、ほとんど寝ないからだ。

「昼寝してる時に呼べよ」

「こっちも昼間は忙しいんだよ。あと、アンタほんとうちのドーユとショクに変なプレイばっか教えないで。やらしい玩具《おもちゃ》とかネットで買い与えないで。ドーユがピンク色を見ただけで発情するような子になっちゃってんの俺知ってんだからな？　あと、ショクの粘膜をローション代わりにして風呂場でマットプレイするのもやめろ。ドーユも、あの男の言うがままにバイブとか使っちゃだめ。ただでさえ性欲強いのに、一人遊び覚えてどうすんの……。ショクもだよ！　ほら、あの、あのエロい、アレ……アレを欲しがらない！」

「アレ？」

「…………もしかして、スケベ椅子《いす》……」

首を傾げるショクの後ろで、クロミヤがぼそりと呟《つぶや》く。

「そう！　それ！　クロミヤ君！　察しがいい！」

「……どうも、おおきにです……」

「クロミヤ君、……そういう君もな、ドーユとショクに襲われたらちゃんと断る！　意志は強く！　ぶっかけられて泣きそうにならない！」

ロクは、自分と見た目年齢がもっとも近いクロミヤの尻《しり》が一番心配だった。

「はぁ……」

「君たち四人が毎晩毎晩、爛《ただ》れた性生活を送って夜中にちっとも寝てくれないから、こうやって夢で逢《あ》うのに四日もかかった！」

「なんや、えらいすんません……」

「夜はちゃんと寝て！」

ロクは言いたいことを言ってすっきりしたのか、本題に戻った。

「……で、元に戻る方法だけど、俺は、戻らないほうがいいと思う。ドーユとショクは、俺がなんでそう言うか理解しているからいちいち説明しない。でも、銀色の竜は、マキトの願いを叶えてやれと俺に託したから、俺はそっちの絶倫男の願いを叶える」

か？」

ウルの遺言じゃなかったらお前なんか去勢してるぞ。……なんだその顔は、文句あるの

「うるさい。絶倫。黙ってろ。可愛《かわい》いドーユとショクにエロいことばっか仕込みやがって。

「マキトって名前があるんだが……」

「文句じゃないがひとつだけ……、銀色の竜は、なぜ俺の願いを叶えてくれた？」

「教えてやらない」

それを教えたら、答えになってしまうから。

ちゃんと、自分の意志で考えて、その答えに気づけ。

こればっかりは、自分で気づかないと幸せになれないから。

他人に教えられるよりも、自分で気づくほうが納得いくし、幸せになれるから。

「絶倫男、ドーユとショクを元の世界へ戻してやりたいなら、白い竜のところへ行け」

「……白い竜」

「白い竜はお前たちの世界で生きている。住所は携帯電話のＧＰＳに送っておく」

「携帯電話……って、この時代と夢とじゃ繋がらんだろ」

「竜にできないことはないって知らないのか？　くだらん質問をするな」

「ロクはマキトにだけ辛辣《しんらつ》」

「当たりがキツイ」

ドーユとショクが、一刀両断されているマキトを可哀想に見やる。

「……なぁ、えっと、ロクマリアさんだったか？　アンタ、もしかして俺たちの世界で生きてたことがあるのか？」

「生まれがそっち」

ロクは簡潔に答え、マキトたちからは見えないように後ろ手でアルキヨと手を繋いだ。

生まれはそちらだけれども、もう、そちらで生きた時間より、ずっと、何倍も、何十倍も、何千倍も、何万倍も長い時間を、この男と二人で生きている。

「なんでアンタは俺たちの世界にいないんだ？」

「戻りたくても戻れない世界がひとつだけある」

生まれた場所。

金色の竜は、最初、元の世界へは戻れない生き物だった。

けれども、いま、金色の竜は、ありとあらゆるすべての物事に干渉できる。

だが、ただひとつだけ、しないことがある。

生まれた場所へ戻ること。

「金色の竜ロクマリアは、好きな男と一緒に生きることを選んだ。生まれた場所にはもう戻らない。……あぁ、でも……そうだな、次に戻るとしたら、白い竜と、銀色の竜と、俺と、三匹そろって運命を壊す時には戻るかもな」

「同じようなことを、カンパニーの奴らも言っていた」

「俺たちはそれでしか幸せになれない。でも、アンタたちは違うみたいだから、俺たちみたいにならなくていい」

愛しい男を守れない運命だと悟った瞬間、自死を選んで次の一生に期待してみたり、一生ずっと死ぬこともなく、ありとあらゆる世界で二人きりで寄り添って生きてみたり……。そういうことをしなくても目の前に確かな幸せがあるなら、それを掴《つか》んで離すな。

「人間の男、アンタもよく考えておけよ。……もちろん、ドーユと、ショクも……それから、クロミヤ君も……。これは一回きりの幸せかもしれないけど、このまま生きてさえいれば、次の一回も幸せかもしれないし、その次のもう一回はもっと幸せになれるかもしれない。だから、君たちは、いまのままの運命を受け入れたほうがいい」

「まるでご神託だな」

「そんなようなもんだよ。だって俺は竜で、神様だから」

「……それで神様、アンタは幸せなのか」

「幸せだよ。二人きりでも」

ロクは、愛しい男を仰ぎ見る。

「二人きりの、長い新婚旅行みたいなもんだな」

金色の竜に愛され続ける男は、その竜の顎先《あごさき》を捉《とら》えて、唇を重ねる。

一生ずっと死ぬことがなくても、お互いがいれば幸せ。

「ロクマリアはアルキヨがいれば生きていられる」

お前たちは、お前たちが生きていくのに必要なものをよく考えろ。

これは、神様からのありがたい忠告だ。

近い将来、選ぶ時がくるから。

その時に、後悔しないように、泣かないように、苦しまないように、悲しくて死んでしまわないように、どうか、幸せになる未来を掴んで欲しい。

＊

朝、異様にすっきりとした目醒めを迎えた。

マキトの携帯電話のGPSが勝手に作動していて、ひとつの住所を指示していた。

薄れゆく記憶のなかで、あの金色の竜が、「あいつ、いま、そっちじゃ霊能者とか胡散《うさん》臭《くさ》いことやってるから、アンタも知ってんじゃないか？　電話番号も登録しとくから、あとよろしく」と言っていたことを夢現《ゆめうつつ》に思い出す。

あいつ、というのは白い竜のことだろう。

竜が霊能者もどきをするというのは、確かにあやしい、胡散臭い、宗教っぽい。

先入観が先走りしてあまり信じる気にはなれなかったが、マキトはその霊能者の噂《うわさ》を耳にしたことがあった。

かつて、空木組の惣領《そうりょう》殿が、「その霊能者というのは大物政治家も利用するし、大きな企業は大体ここの世話になっている。人外の組織も、その大半はこの霊能者には頭が上がらない。……実を言うと、うちも世話になっている」と言っていた。

だがまぁ、これがなかなか気難しい霊能者らしく、普通の接触方法で面会できる可能性は限りなくゼロ。空木組の紹介でも難しいらしい。そのうえ、その霊能者は、気が向いた時にしか仕事をしない。マキトは、電話一本で会ってもらえるのか半信半疑で電話をかけ、ちょっとロクマリアの名前を出してみたら、なんと、鶴のひと声で訪問許可が下りた。

持つべきは竜の友達だなぁ……と、マキトはしみじみそう思った。

その霊能者とやらは、山奥の大豪邸で暮らしているという。

山奥といっても、住所を見ると避暑地の外れで、聞いたこともない住所というわけでもない。山奥に霊能者……といえば大きな宗教施設を想像していたが、実際に山道を車で進んだ先にあったのは、ちょっとした洋館だ。

到着した頃にはもう陽が暮れていて、闇夜《やみよ》にぼんやりとその洋館が浮かんだように見えた。いつの頃のものかは分からないが、佇《たたず》まいや建材から察するに、明治や大正の頃の洋館を移築して、夏の盛りでも涼しく優雅に暮らしている……といった風情だった。

門戸を開いたのは異人の風体をした色男で、一八七センチあるマキトよりもまだ背が高く、三つぞろえのスーツがいやに似合っていた。

その男性の、真珠色の光沢があるプラチナブロンドは見事なもので、灰がかった菫色《すみれいろ》の瞳は天然モノ。人魚の鱗《うろこ》みたいに七色に光り、恐ろしいほど惹《ひ》きつけられた。

容貌《ようぼう》は、それこそなんと表現していいのか分からないほど男前なのだが、立ち居振る舞いは気さくで、常に穏やかな笑みを絶やさない。そのくせ、その笑みがまた見目に相応しいもので、嫌みったらしくなくて、様になっているのだ。

この男は、自分という生き物の存在感や素晴らしさ、内面から溢れ出るカリスマ性と人間臭さ、そして、外見の神々しさといったものをしっかりと理解していた。

己を見せるのが上手な男だった。

銀色の竜の傍にいた金髪男といい、金色の竜の傍にいたアルキヨという男といい、竜というのは、上等の男しか傍に置かないらしい。それも、竜の傍に置いてもなんら遜色《そんしょく》ない見た目と、性根と、運命的ななにかを持ち合わせた最上級の男だ。

「はー……竜っていうのは、そろいもそろって面食いか……」

「マキトのほうがかっこいいゾ。気にするナ。アレは半分人外ダ」

「人外はそろいもそろって容貌の優れた者が多いからナ」

「あ、でモ、銀色の竜の傍にいた金髪男は人間だったナ」

右側のドーユと左側のショクが「でもやっぱりマキトが一番かっこいい」と誉《ほ》めそやす。

「お、俺もそう思います！」

遅れじとクロミヤもマキトを誉めて、マキトの背中について歩く。

「あの金髪男ハ、銀色の竜から血と肉と臓物と骨と脳を分け与えられた人間ダ」

「そうそウ、人外もどきダ。あの男、どうせ死ぬのダ。殺しておけばよかったナ」

「ドーユとショクが手を下さずとモ、あの金髪男はもう死んでいるからよイ」

「だからマキトが一番カッコイイ」

「……なんで、死んでるんだ？」

マキトは、二匹の言葉にひっかかりを覚えた。

あの金髪男、銀色の竜の死を悼んでいるようには見えたが、死ぬようには見えなかった。

「だってテ、あの金髪男、銀色の竜を愛していたロ？　ならラ、死ぬしかないイ。好きな人が死んだあとの世界に一人で生きていても意味がないからナ」

「だからラ、あの金髪男ももう自分でカタをつけているだろうヨ」

「……いや、いや……いや……ちょっと、待て……いや、それはおかしいだろ……銀色の竜は、好きな男を守る為に死んだんだろ？　それってあの金髪男だろ？　なのに、そいつは銀色の竜を追いかけて死んだ……って、それじゃ、なんだ……それは……」

「そういうものダ、恋だの愛だのハ」

「死にたくなるほどの愛を知ったのだから、死ぬのも当然ダ」

「…………お前らもそういう考えなのか？」

「ドーユとショクはその時に判断するル」

「その時に死にたいと思ったら死ぬシ、生きたいと思ったなら生きル」

もしかしたら、自分で自分を殺さずとも、ただただ愛しい人を失った悲しみで、悲しくて、悲しくて、悲しさのあまり、それだけで死んでしまうかもしれない。

ご飯も食べられなくなって、狩りもできなくなって、夜も眠れなくなって、水も飲めなくなって、そのうちに弱って死ぬかもしれない。

でも、もしかしたら生きているかもしれないから、その時は苦しくても生きる。

ドーユとショクは、その時に生じた己の感情のすべてを受け入れる。

「運命とはそういうものダ」

「ドーユとショクは運命を手放さなイ。すべては己の意志で決めた運命だから」

「マキト？　どうしタ？　こわいお顔。でモ、そんなお顔もかっこいイ」

「だガ、ショクも、ドーユも、笑《わら》い皺《じわ》のできるマキトの笑った顔が一番好きダ」

「だから、マキトが一番かっこいイ」

「……分かった、分かったから……ありがとな。でも、あの男前と比べなくていいぞ。

……ほら見ろ、男前が笑ってるだろうが、……なぁ、男前さんよ？」

「仲がよろしいことはよろしいことです。……さぁどうぞ、こちらへ」

男に案内されて、四人はサンルームへ通された。

まるで、イギリスの水晶宮だ。それも、箱庭のように小さな水晶宮。亜熱帯植物か、はたまた人外の世界の植物か、密林にでも繁茂していそうな植物が鬱蒼《うっそう》と生い茂っている。

夜の帳《とばり》が落ちた空の紺色と、真っ白の月の光。その対比のせいか、植物はすべて黒いコントラストのみで描かれ、ひどくおどろおどろしいものに見えた。

ここは、まるで天文台。プラネタリウム。八枚のガラスを張られた半円型の壁面、太陽光や月光を取りこむ全方位型の天窓、水晶宮の外にはアラビア風のシンメトリな庭園と水路が広がっていて、方々から、やわらかな月明かりが差しこむ。

デザインこそ洋風だが、インテリアは中東風。色味や刺繍《ししゅう》の鮮やかで、織りの緻密《ちみつ》な絨毯《じゅうたん》を幾重にも重ねて敷き、房飾りのあるクッションを隙間《すきま》なく敷き詰め、銀細工の飾り棚や金の茶器を置いている。

天井から吊《つ》るしたランプが月光と星の光を受けてゆらゆら揺らめくと、ガラスの壁面や、白い床や、大理石の柱、そして、ドーユやショクの頬にも七色の灯《あか》りを映す。

「カエレス、起きなさい。……お客様だ」

「……んー……」

敷き詰めたクッションが、もぞっと蠢《うごめ》き、唸《うな》り声が聞こえた。

「ひゃっ」

びたん！　クロミヤの足の近くにあった真珠色の置き物が跳ねた。

「……尻尾、か？」

マキトはクロミヤを背後に庇《かば》い、床を叩《たた》いた物体を確認する。

尻尾だ。

それも、鱗のある真珠色の尻尾。

まるでダイヤモンドをちりばめたような尻尾。

尻尾は、ぐるりと部屋の壁面に添って半円を描き、ところどころ絨毯やクッションの下に埋《うず》もれていた。

カエレスと呼ばれた生き物が動くと尻尾もわずかに動き、鱗が月明かりに反射して煌《きら》めく。部屋全体にダイヤモンドの光が拡散して、万華鏡のなかに閉じこめられたように眩《まぶ》しい。乱反射する淡い光に目も眩《くら》み、それでまたその尻尾がどこからどこへ繋がっているのか分からなくなる。

尻尾は、五メートルや六メートルどころではなく、もっと、もっと……長い。

「カエレス、ほら、起きなさい」

「んー……」

びょっ。クッションの山から、細長い腕が二本、伸びた。

海面から両手を差し伸ばして男を誘う人魚のような、細く、しなやかで、美しい二本の白い腕。ヒトよりもすこし水掻きが大きくて、手指は長く、骨の形状は異形。皮膚の表面が真珠色で、きらきらとまばゆい、鱗の浮いた、陶器のような腕だ。

男はその腕を摑むと脇《わき》の下に手を挿しこみ、それこそまるで芋でも収穫するように、クッションの海から、ずぼっ……と、その生き物を引き抜いた。

「起きなさい」

「…………ん、……んン〜……」

スーツの男に小脇を抱えられ、乱暴にがくがく揺さぶられると、真っ白の尻尾と耳も揺れる。

「扱いが雑っすね……」

「雑だなぁ」

クロミヤとマキトは、足もとでずるずる動き始める尻尾を横目に、顔を見合わせる。

そうして尻尾ばかり見ているうちに、クッションの海からその尻尾の持ち主がすっかり引っ張り出された。

先ほど、マキトは、スーツの男を筆舌に尽くしがたいほどの男前だと形容したが、この生き物はその上をいく。

この生き物は、ぜんぶが白い。

真珠色とダイヤモンドをちりばめた瞳、髪、肌、尻尾。それらで人心を支配する。

これは、世界のすべてを狂わせる生き物だ。

三界すべてを従える、恐ろしい生き物だ。

オスかメスかも分からないが、マキトは反射的にオスだと判断した。

それは、このカエレスと呼ばれた生き物が喋るその声が、思いのほかに低かったからだ。

「三竜町《みたつちょう》七丁目の廃屋、次の新月の日。その日にそこへ行けば、そこの二匹を俺の力で元の世界に戻してやる……っ、ふぁ、ぁあ～……あぁあふ」

この白い生き物は、己のきれいな顔にまったく執着がないようで、驚くほど大きな口を開けて欠伸をした。

マキトが事情を説明しなくてもすべてを把握しているのか、それとも、先にロクのほうで話を通しておいてくれたのか、カエレスと呼ばれた生き物は一方的にそれだけを言うと、スーツの男の顎先を繊細な指先で捉えて、ひどく濃厚なくちづけに耽《ふけ》る。

「……ドーユ、ショク、どうだ？」

アレは、信じられる生き物か？

マキトやクロミヤの目には、アレは、ヒトも世界も惑わす害悪そのものにしか見えない。

「信じるに値スル」

「あの生き物の言うことは真実ダ」

マキトの言葉に、ドーユとショクは頷いた。

「お前ら……どうした？　……今日はえらく静かだな」

「自分より上位の存在と見《まみ》えテ、ぎゃあぎゃあと騒げるカ」

「上位どころカ、アレとショクやドーユでは比べものにすらならヌ」

ドーユは、マキトが腰に置いた右手の腕の輪っかのなかにぎゅっと頭を入れてしがみつき、ショクは縋《すが》りつくようにマキトの左腕を両手で握りしめて離さない。

あれはもう尊敬や憧憬《しょうけい》の念を抱くことすら恐れ多い。

畏怖《いふ》の対象にすらならない。

アレは、竜だ。この世界を含むすべての世界を支配する、特別な竜のうちの一匹だ。

三匹の竜のうち、この世界にいた一匹は、自ら死んだ。

ドーユとショクの知り合いの一匹は、違う世界にいながらこの世界に干渉できる立ち位置で、ドーユとショクのことを見守っている。

そして、最後の一匹は、この古びた洋館でスーツの男に抱かれることにのみ至上の喜びを見い出して生きている。

この白い生き物が、一番無害そうに見えて、一番凶悪だ。

この白い竜は、自分と自分の愛するオスのこと以外、どうでもいい。

「白い竜ヨ、この世界ハ、一体どうなっているのダ」

「さぁ、どうなってるんだろうな。でも、お前たちが知ったところでどうにもできない。だから、知るだけ無駄だ。……あーぁあ、ウルは今回も死んじゃったしなぁ……上手くいかないなぁ……、運命を壊すだけの話なのにさ、ただでさえウルは短命で、ロクとは同じ世界線に存在しにくいのに……」

「ウル、……あの銀色の竜ハ、なにゆえ自ら死を選んダ」

「お前たち、金色の竜の血を飲んでるんだろ？　つまりはそういうことだ。お前たちは、無限の命を持つ竜の命のおこぼれをもらって、ただでさえ長命な命がもっと長くなっただけ。お前たちは、生まれ変わってこの世界に来たんじゃない。こう言えば分かるな？」

「分かル」

マキトとクロミヤには分からないだろうが、ドーユとショクはそれで理解した。

銀色の竜もまたそれを理解したから、とっとと死んで、運命のやり直しを選んだ。

今生では、愛しい男を幸せにしてやれないから。

「さて、……このカエレス、お前たちの友人によく似ているか？」

カエレスは己の胸もとに手を当て、小首を傾げて月明かりに頬をさらし、ドーユとショクにその美しいかんばせを見せつける。

「似ていル」

「色が違うだけデ、瓜二《うりふた》つダ」

この白い竜は、ドーユとショクが信頼している金色の竜と似た雰囲気がある。

だから、信じるしかない。

この竜が言うことはすべて真実で、特別で、正しい。

「そちらの男前殿は、当たるも八卦《はっけ》当たらぬも八卦のつもりで俺のところへ来たのだろうから、信じる信じないは好きにするといい」

カエレスはスーツの男の膝《ひざ》に腰かけ、うんと伸びをしてマキトの心中を言い当てる。

「なんでもお見通しか……」

「己の運命以外はな」

カエレスは、マキトの言葉を鼻先で笑い飛ばす。

それから続けて「カンパニーのことだが……」と訊いてもいないことまで言い当てた。

「カンパニーとも繋がりがあるのか」

「親兄弟のようなものだ」

「胡散臭いな」

「自分でもそう思う。……が、まぁ世界は広しといえども世間は狭い。カンパニーと正面切って争わなかったのは賢明だ。……しかしまぁ、面倒なことだ。今回は中立でいたかったのに……、ウルが死んで、ロクにもお前たちのことを頼まれた手前、そうも言ってられなくなった。……あーぁあ、めんどくせぇ、…………ぜんぜんうまくいかない……」

大仰に溜《た》め息《いき》をつき、べちっ！　と尻尾の先端でドーユとショクの頬をゆるく叩く。

「……いたイ」

「ひどイ……」

「カエレスの一族に良くしてくれた礼だ。悪いようにはしない」

「それは予言か？」

「運命を教えてやっているだけだ。感謝しろ」

マキトとクロミヤの頬を、尻尾の真ん中あたりでべちべちと強めに叩く。

陶器や宝石のような見た目のわりに、その尻尾はほんのりと温かい。

あの尻尾の付け根あたりに立つスーツの男は、さぞや温かくて、ほわほわしているのだろうな……とマキトとクロミヤは思った。

「カエレスさんよ、アンタ、カンパニーにも顔が利くんだろ？　……なら」

「だから、中立でいてやると言っているんだ。このカエレス、お前たちを助けもしないし、裏切りもしない。だが、ドーユとショクはロクマリアに良くしてくれた。ウルトレーヤの死に際にも立ち会った。だから、この白は、こうして好きな男と過ごすはずの時間を割いて会ってやっているし、向こうへ帰る渡りもつけてやると言っているんだ」

それ以上はしてやらない。

カンパニーよりもお前たちに肩入れしてやることもしない。

運命に介入するのはわりと骨が折れるし、カエレス自身の運命も変わってしまうから。

「カエレスは、己の幸せな運命を変えてまで、貴様らの為に尽力してやるつもりはない」

「わりと心の狭い神様だな、アンタ」

「当たり前だ、このカエレス、貴様らの為に存在している神でも竜でもない」

「じゃあなんの為に存在している？」

「貴様らと同じだ」

「……？」

「好きなオスの為に決まっているだろうが、笑わせるな」

カエレスはまるで子供みたいに無邪気に笑い、「さぁ早くこの屋敷から出ていけ」とのたまった。

マキトたちが首を傾げていると、「察しの悪い人間と人外どもだな……カエレスはいまからこのオスと寝覚めの一発をキメるからお前たちが邪魔なんだ」と笑顔で言ってのけ、スーツの男の股間《こかん》を揉《も》んだ。

「竜はつがいと交尾するんだ、邪魔するな」

カエレスは、尻尾でサンルームの扉を押し開き、四人をぐるりと尻尾で巻いてひとまとめにすると、部屋の外へ、ぺっ、と追い出し、ばたんと大きな音を立てて締め出した。

きれいな見た目のわりに、言葉遣いも素行もひどく身勝手な竜だった。

あとわずかで離れ離れになってしまうなら、いまは四人で過ごす時間を優先したい。

いましかできないことと、これから先にできること。

マキトは、優先順位というものを二匹の獣から学んだ。

＊

ドーユとショクも、マキトとクロミヤにそれを教えてもらった。

「これまではマキトとドーユとショクの三人で寝てたけド、これからはクロミヤも一緒の四人で寝たいでス」

ショクが正座をしてマキトに許可を求めた。

「なんでクロミヤだけ仲間外レ？　やダ！　やだやだやダ!!」

その隣で、床に寝転がったドーユが手足をじたばたさせて駄々を捏ねた。

テレビで見たのか、どこで覚えてきたのかは分からないが、すごい幼児っぷりだ。

ソファに腰かけていたマキトは、「いや、俺はそういうのいいですよ」と遠慮するクロミヤを背後に立たせ、思案の表情を作る。

駄々を捏ねればクロミヤが折れてくれるのを知っているからか、我儘《わがまま》に味を占めたのか、ドーユは時々ちらりとクロミヤを見ながらじたばたする。

　マキトの許しがなければ四人一緒にひとつの寝床に入ることができないと分かっているから、クロミヤからマキトに取りなしてもらおう、と知恵を働かせているわけだ。

「あの、マキさん、ドーユさんが可哀想なんで……」

「黙ってろ。この件にかんしては、お前のことは俺が決める」

「はいっ」

　クロミヤは、マキトの背後で両手を合わせて「ごめんなさい、ドーユさん、ショクさん、俺、基本的にマキさんに絶対服従なんです」とはにかみ笑いしていた。

「……マキトに抜いてもらった時ハ、もう一生マキトと顔を合わせられなイ、恥ずかしイ、死んじゃウ……とか言っていたくせニ……変わり身が早イ」

「なんだかんだでクロはマキトに甘イ。マキトに、ちょっと執着されて、可愛いって誉められたらころっと転がっちまっテ……クロは尻が軽イ」

　ぶぅぶぅぶうたれて、ドーユとショクはマキトの足もとでごろごろ寝転がって駄々を捏ね、結局、そのまま昼寝に突入してしまった。

　二人が昼寝している間に、マキトは、「あと数日のことですから、ドーユさんとショクさんのお願い聞いたげてください」とクロミヤに取りなされて、結局、その日から四人で眠ることになった。

「お前はほんと……ドーユとショクに甘い」

「すんません。なんや手のかかる弟ができたみたいで、嬉しくて、つい……」

「その手のかかる弟に手ぇ出されてんじゃねぇよ」

「……っ、あの、それは、ほんま……すんません」

「お前に手ぇ出す前に俺の許可とれって言い聞かせといたけどな……、とりあえず、お前、寝る時は俺の背中側にしろ。反対側にドーユとショクを寝かせるから」

「……はい」

嬉しいけど気恥ずかしくて、クロミヤは、伏し目がちにこくんと頷く。

いままでよりも、ちょっと干渉の強くなったマキトのその言動に戸惑いながらも、どうにもならない胸の高揚を感じて喜び、マキトの言葉をすべて受け入れる。

それに、なんだかんだ言いつつも、マキトもドーユとショクに甘い。

その夜からは、バカでかいベッドで四人一緒にぎゅうぎゅうごった煮になって寝た。

真ん中にマキト、右の懐にショク、足もとにドーユ、背中側にクロミヤ。

隙間があるのに、四人とも、隙間なく、びっちりぎゅうぎゅう詰めを選んだ。

窮屈だったけれど、誰も文句を言わなかった。

だって、あと二日でお別れなのだ。

文句を言う暇があるなら、ひとつでも幸せを増やすほうがいい。

それに、不思議なもので、三人で眠るより、四人で眠るほうがずっといいのだ。

どんなに寝床が狭くなっても、ベッドからずり落ちそうになっても、そんな他愛《たわい》もない理由で寝床を別にするくらいなら、いっそ四人で床で雑魚寝《ざこね》をしたほうがいいと思うくらいに、この形が心地良かった。

寝惚けたドーユに尻を齧《かじ》られても、寝起きの悪いショクに蔓草《つるくさ》で全身を羽交い絞めにされても、寝言がうるさくても、四人で眠るのがいい。

ドーユの尻尾の枕《まくら》も、夜に薫るショクの甘やかな体臭も、ぜんぶが、気持ちいい。温かくて、幸せで、いつも隣に自分以外の三人の体温と寝息があって、安心できる。

一度でも四人で眠る夜というものを体験してしまったら、もう一人には戻れない。離ればなれはいやだ。

マキトがベッドの真ん中で横になったら、その脇腹にドーユがすっぽり入って、「狭いですから……」と遠慮するクロミヤをショクが引っ張りこみ、さらにはマキトまでもが、「おいで」をするから、四人で箱詰めされたみたいにぎゅうぎゅうになって、窮屈な思いをするほうが、一人寝よりもずっといい。

ドーユとショクが来るまでは一人ずつ別々の部屋で寝ていたマキトとクロミヤも、二人で一緒に眠れればそれでいいと思っていたドーユとショクも、四人の群れのほうが安心して眠れた。

この家はもうそういう家の営みになっていて、四人でひとつの家族になっていた。

「明後日《あさって》にはもう帰るというのニ……」

「どうしよウ……」

こんな土壇場で、ドーユとショクは悩んでいる。

夜、いつもなら目を閉じて、唇を軽く触れ合わせて、そうして睦《むつ》み合いながら二人であれそれと今日一日の幸せなことや大変だったことを報告して、笑って、悲しんで、相談事を話すうちにすやすやと寝入ってしまうのに、今夜はちっとも眠れない。

我儘が通って四人で一緒に眠れることになったのに、しかも、四人で一緒に眠れる日が今夜と明日しかないのに、それがもったいなくて眠れないのではなく、それ以外の、ただひとつのことで眠れないのだ。

こちらへ残りたいという気持ちが芽生えてしまって……。

ドーユもショクもお互いにそれを察しているくせに、言葉にはできないで、ただ、眠れない。

「だってテ、ドーユは、元の世界に戻れなくテ、泣いテ、喚《わめ》いテ、叫んデ、死ぬほど悲しんだ竜がいることを知ってイル」

「だってテ、ショクは、その竜ガ、竜のあるじとともに生きていくと決めるまでにいろんな物事を捨てなくてはならなくテ、死ぬほど悲しい目に遭ったことを知ってイル」

ドーユとショクは、それを捨てることの悲しみを知っている。

遠い昔の記憶。

朧《おぼろ》げで、不明瞭《ふめいりょう》なところも多いけれど、ドーユとショクの大切な友人である金色の竜が、何度も何度も悩んで、何年も悩んで、何十年、何百年と苦しんで、道の半ばで立ち止まって、嘆き悲しんで、愛しい人に支えられて、それでも、「好きな人はこちら側にいるのに、それでもまだ普通だった頃の自分が恋しい」と泣いているのを見たことがあるのだ。

元の世界に戻りたい。なにも知らなかった単なる一人の人間に戻りたい。そう嘆き悲しみ、幸せな夢から醒めた子供のように、一人、部屋の隅で肩を震わせていたのだ。

特別な力や運命を左右する力なんて必要ないから、ただ、普通に、生きていたい。

他人を信じることもできず、いつ、どこで、誰に傷つけられるのかと怯《おび》えて、戦争ばかりして、ただただ世界の為に生きるだけなんてできない。

愛しい人と生きたい。

ただ、普通に、したい。

あの竜はとてもとても強くて、時には自分を殺して誰かの為に尽くし、時には恐ろしいほど我欲に走って、ひたむきに、懸命に、ひたすらに生きて、愛しい人の為だけに息をすることを望んで、ひどく不安定に心が揺れる日々を愛する男に支えられて、いくつもの悲しみを乗り越えて、そのうちに子をなして、それでもまだ、どこか根を下ろす場所を得られずにいた。

世界から阻害されている。

どう足掻《あが》いても、よその世界からきた生き物は、こちら側の世界の完璧《かんぺき》な生き物にはなれない。

それが苦しい。

悲しい。

金色の竜は微笑みを絶やさず、愛しい男に愛されて、癒《いや》されて、そして、また困難に立ち向かって、戦って、笑って、傷ついて、世界に阻害されていると感じながらも生きて、元の世界へ戻る自分を想い描きながらも諦《あきら》めて、愛しい男の傍にいることを選び、終わりのない長い人生で、何度も、何度も、何度も……、その懊悩《おうのう》を繰り返していた。

あんなにも悲しい思いをすると分かっているのだ。

ドーユとショクはそれを目の当たりにしてきたのだ。

それを分かっているのに、元の世界に戻ることを、迷っている。

ドーユとショクは、簡単に故郷を捨ててしまおうとしている。

壊れた世界とはいえ、元いた世界には、親兄弟や、未練や、守るべき民がいたはずなのに、ドーユとショクは、それらをひどく後腐れなく、簡単に捨てようとしているのだ。

そんな自分たちが信じられないのだ。

こんなにも己らは薄情だったのかと、そう、思ってしまうのだ。

だから、お互いに口に出せない。

決められない。

どっちつかずになって、自分たちでは決められなくて、「こんなことは初めテ」「いつも即断即決なのニ……」と歯切れの悪いお互いの言葉の意味に気づかぬフリをして、隠しきれない気持ちを抱えこんで、そして、双子であるからこそ、いつまでも答えを導けずに、夜明け前の月を窓辺から見やる。

結局、答えは出ないまま……。

＊

新月の夜。三竜町七丁目の廃墟《はいきょ》。

マキトたち四人が到着すると、もうすでに全員が待ちえていた。

全員というのは、カエレスとスーツの男、それから、カンパニーに所属する赤毛の青年と黒髪の少年だ。

ドーユとショクを含め、人外というのはそろいもそろって異様に整った見た目をしているから、マキトとクロミヤは、「人外の顔面偏差値すげぇな、振り切れてんな」と手放しで感心した。

廃墟は、平屋建ての日本家屋だ。

人間も、人外も、住んでいない。

ここは、住む者がいなくなった末の廃屋だ。

なんの変哲もない朽ちた民家なのだが、どこか中空に浮いた審判の門のような、まるでここそが楽園の入り口のような、天国に存在する廃墟のような、庭園の四阿《あずまや》のような、死者のみが侵入を許される場所のような、そんな不思議な雰囲気をまとっている。

「ここハ、ドーユとショクの友達が住んでいた家ダ」

ドーユが、すん、と鼻を鳴らし、隣のショクを見やる。

「うン。ロクマリアの家ダ」

ショクは、柱や床板、天井の梁《はり》といった木材から過去の記憶の断片を得る。

ドーユとショクの親友が生まれ育ち、生きていた家。

その友人は、もうずっとずっとずっと遙《はる》か昔にドーユとショクの世界へ来て、そこで金色の竜になって、その世界で唯一の神様になった。

「懐かしイ、ロクのにおいがすル」

「昔からずっと変わらなイ、ロクのにおいダ」

「匂いだけでも分かっていれば、元の世界と繋がる確率が上がるし、時間軸や世界線もそろえやすい。なにより、金色の竜の血が混じったお前たちなら、よそからの干渉も受けにくくなるし、ロクマリアの暮らしていた家なら縁も深い。そういうプラスの条件が重なれば重なるほど、帰る場所の特定も限定的にできる」

　カエレスは、さして興味もなさそうにそう言った。

　今日は、尻尾がない。ただ真っ白いだけの人間に見えるが、相も変わらず、その見目があまりにも美しいので、人間の形をしているだけの人でなしだと、瞬時に判別がつく。

　スーツの男はカエレスの傍に寄り添い、カエレスがひと声発するたびに、この世は祝福されたと言わんばかりの表情で、ただただ愛しいカエレスを見つめている。

　赤毛と黒髪はつかず離れずの距離を保ち、事の成り行きを見守っていた。

「……あの、どないやってドーユさんとショクさんを向こうへ帰しはるんですか？」

　クロミヤが、遠慮がちに尋ねた。

　クロミヤは、ここ数日のドーユとショクの心の機微をなんとなく察していた。

　やっと自分たちの世界へ戻れるのに、ドーユとショクが心の底から喜んでいない気がした。だから、もし、向こうへ帰る方法や、帰ったあとのことで、二人がなにか不安に思っているならば……、そして、当事者である二人がそれをカエレスに尋ねにくいならば、限りなく部外者に近い自分が尋ねたほうが角が立ちにくいとクロミヤは考えた。

　マキトの左右の腕にぎゅっとしがみつく二人の背を見つめ、クロミヤはやりきれない思いを抱えたまま、「ただ、みんなで幸せになりたいだけやのに……」と歯噛《はが》みする。

「いまのところ、帰る方法はひとつ。ドーユとショクを殺して、生まれ変わらせるだけ」

カエレスは、さらっとそんなことを白状した。

マキトの懐で、「死」を耳にした二匹が、びくんと震える。

「……いま、ここで、物理的に殺すのか」

マキトは自分の懐に二匹を抱えこみ、カエレスに問いかけた。

「体が死ぬだけだ。肉体を殺して、この二匹の持つ因果だけを向こうへ帰らせる。そしたら、また向こうで生まれ変わって、同じ魂魄《こんぱく》で、同じ縁を持つ双子として、新しい条件下で、まっさらな状態で、己の運命を一からやり直せる」

「それしか方法あらへんのですか」

「実験検証中だから」

カエレスも、カンパニーと同じような回答をした。

「そんなん……ひどいやないですか……」

「よく言う。こっちはこの実験を三億と五千回近く繰り返して、ようやくここまで回答を導き出したんだ。それを、ぽっと出のお前らに気前よく適用してやるんだから、つべこべ言うな」

「……カエレス、尻尾はやめなさい。ロクの家を壊してしまう」

尻尾を出して床をべちべち叩くカエレスのそれを、スーツの男がぎゅっと摑む。

ぶすっと不貞腐れたカエレスは、噛みつくようにスーツの男にキスをして、それから、

「こんなこと、ドーユとショクも知ってることだけど?」と付け足した。

「……そうなんですか、……ドーユさん、ショクさん?」

「…………ウン…………知ってル……」

「このあいダ、銀色の竜と話したり、ロクと話しテ、……それデ、最近、思い出しタ」

違う世界へ行くことができるのは竜だけ。

竜だけは、何度でも、どんな場所へも、ありとあらゆる世界へ行ける。

ただし、それができるのは金色の竜ロクマリアだけ。

白い竜と銀色の竜には制約があって、それができない。

できないけれども、その、できないという事実を変える為の力は持っている。

ドーユとショクはそれさえできない。

だから、この世界に存在する白い竜の力を借りて、元の世界へ戻る努力をする。

ただ、竜は、万能の神様じゃない。

竜は、万能の神様をやめた竜だ。

利己的に生きて、ひたすらに我欲を追求して、愛する男をのみ求めて、幸せを求めて、本能に従って生きて、そうして、自分が生きるそのついでに、竜以外のすべての生き物を存在させてくれているだけなのだ。

だから、竜は、特定の個人の為に万物を左右しない。ドーユやショクの窮状に親身になったり、希望や心情に寄り添ったり、ドーユやショクの為を想ってドーユやショクに慈悲や労《いた》わりを与えたり、ドーユとショクの幸せを願って元の世界へ戻す為の尽力をしない。

そんなことをしたら、竜が決めた因果律が歪《ゆが》むから。

竜は、まず筆頭に自分の幸せを考える神様だ。

他人を幸せにする為に、自分の幸せを犠牲にしない。

だから、なにがなんでもドーユとショクを現状のまま、生かしたまま、完璧な状態で元の世界へ戻してやりはしない。

そんなことをしても、竜はなんの得にもならないから。

それどころか、竜が決めた万物の法則を歪めることになり、その結果、ほかのどこかに齟齬《そご》や問題が発生して、竜や、竜の愛しい者の幸せが損なわれることを嫌うから。

竜は、他人の為に努力をしない。

竜は、自分のもっとも愛しい者の為だけに生きる。

愛には限りがあって、その愛は愛しい者へ捧げる時に限ってのみ無限だ。

神様だからといって、万物を等しく愛しはしない。神様の愛というのは、万物に差し出すものではなく、ただ一人の伴侶《はんりょ》にのみ注ぐものだから、他人の幸せや不幸せなど、そんなどうでもいいことに、よそ見をしている暇がない。

そして、ドーユとショクはその在り方を否定しない。

だって、誰しもに、自分の幸せを守る権利はあるのだから。

「死んでもいいじゃないか、その二匹には生まれ変わってやり直せるという確約がある」

金色の竜の血を飲んだ長生きな獣は、たった一度、いま、この場でちょっと死ぬだけで、己が望んだ時代、場所、愛しい人が生きている世界へ生まれ変わることができる。

そして、いま、この世界では、金色の竜の血が手に入らない。

銀色の竜は、だから、諦めて、死んだ。

「銀色の竜は、そんなに生きたかったのか」

「いいや、彼は早く死にたがっていた。……ただ、彼の好きな男をね、銀色の竜が生きているのとは違う世界で生まれ変わらせて、そこで生きさせたかったんだ」

銀色の竜とその男が、二度と同じ世界に生まれないように。

二度と同じ次元に存在しないように。

二度と同じ世界線で出会わないように。

背中合わせの運命で、一生、絶対に、二人の愛が交わらないように。

「そいつら、互いに好き合っていたんだろ？　じゃあ、なんの為にそんな……」

「銀色の竜が死ぬと、銀色の竜が愛した男は後追い自殺するっていう運命なんだ」

好きな人には、長生きして欲しい。

だから、それならばいっそ、もう一生、出会わないように。

出会わなければ、死ぬことはないから。

いっそ違う世界線で生まれたかった。

愛しい男だけは、違う世界で、幸せに、なにも知らず、竜の存在すら知らず、ただただ幸せに、ずっとずっと、幸せに……長生きして欲しかった。

でも、今回の人生では、それをする為には金色の竜の血が必要で、そして、それはこの世界では手に入らないと判明して、短命の銀色の竜は自分の死期が分かっていた。

「だから、来世に期待というやつだ」

とっとと死んで、とっとと生まれ変わって、次の一生で、せめて好きな男だけは幸せな一生を全うさせて、長生きさせる為に、運命を変える方法を探す。

俺たちは大体いつも同じ運命周期と星周りで生まれ変わり、繰り返し続けるから……。

「ほら、おしゃべりは終わりだ。銀ほど短いとは言わないが、この白も、そんなに長い命じゃない。お前たちの情動などクソ喰《く》らえ。白は自分の愛しいオスとひと言でもたくさん話がしたいし、一度でも多くキスがしたいし、抱きしめ合いたいし、つがいたい」

さぁ、覚悟を決めろ。

貴様らは望んで死んで、望んで生まれ変われるのだ。

それがお前たちの選んだ幸せだろうが。

　とっとと死ね。

「あきません！　あきませんよ！　ぜったいに!!　ぜっったいにあきませんからね!!」

　クロミヤが声を上げた。

　死ぬのはおかしい。死んで生まれ変わって人格も違うなら、それはもう違う。

　二人が二人の世界に帰れるとはいえ、大事な二人が死ぬ場面は見たくない。

　クロミヤはドーユとショクをぎゅっと両脇に抱えこみ、「死んで生まれ変わってしもたら、それはもう違う生き物でしょうが！」と怒鳴る。

「君はそういう見解なんだろうな。……で、飼い主のほうはどうだ？」

　ふぁ……と大きな欠伸をして、欠伸ついでにスーツの男と唇を重ね、カエレスはマキトに視線を流す。

「二人がそれでいいなら……」

「マキさん……」

　大人な考え方をするマキトに、クロミヤは顔をぐしゃりと歪める。

　違う、絶対にそれが本意じゃない。本当は我慢してるはずだ。

　帰っていいなんて想わないはずだ。

　死んでいいなんて想わないはずだ。

　忘れて欲しくないはずだ、傍にいて欲しいはずだ。

だって、いまのマキトは、クロミヤが「いいな、こういうマキさん」と思うような、見ているだけで嬉しくなるような、そんな幸せで穏やかな顔をしていない。

息がしやすいような、楽に生きていける場所を知った時の顔をしていない。

「そちらの双子殿の意見は？　えらく離れがたそうだが……」

ドーユとショクは、しゃがみこんだクロミヤにぎゅうぎゅう抱きしめられ、自分たちもその場に座りこみ、そして、その尻尾と触手でマキトの足にしがみついている。

けれども、ドーユとショクは、なにも語らない、……語れない。

「埒《らち》が明かない。夜明けまで待ってやるほどカエレスは気が長くない」

びだん！　気長そうに見えて気短《きみじか》な竜が、白い尻尾で床を叩く。

今度は、スーツの男もそれを止めなかった。

「とっとと決めろ、前へ進むか、二度と交わらぬ背中合わせの平行線を歩むかだ」

「君たち、ちょっと見ない間に、俺なんかよりもずっと人間臭い表情と考え方をするようになったたな」

それまで黙っていた赤毛の青年も、過日、ドーユとショクに与えられた皮肉をそのまま返した。

赤毛の傍にいる黒髪の少年は、なにも語らない。

ただ、早くこの実験が成功して欲しいと願っている。

白い竜は、「明日からつがいと世界一周クルーズに出かけるから早く帰って寝たいんだ。朝ご飯の相談もあるし、荷造りも途中だし……面倒だから、あと一分で決めろ」と、限りなく私利私欲を優先し、期限を切る。

そして、本当に一分ちょうどで、白い竜はドーユとショクを殺そうとした。

「取引は取り消しだ」

ドーユとショクを背後に隠して、マキトが宣言した。

「マキト……？」

「…………マキト？」

二匹はマキトを見上げる。

頭では帰るべきだと分かっているのに、心はマキトの言葉に喜んでいて、そして、その感情を後押しするように、ドーユの尻尾はマキトの太腿《ふともも》に絡み、ショクは地中に根を張るほど触手を使っていた。

「お前ら、帰りたいか？」

「……それハ」

「……だっテ、ドーユとショクハ……」

「行くな」

マキトは、ドーユとショクに命じた。

行かないでくれ、離れないでくれ、傍にいてくれ。

そんな弱気な懇願ではなく、命じた。

「……マキトは、ドーユとショクにここにいて欲しいのカ？」

「いて欲しい」

「マキトは、……ドーユとショクがいたほうが幸せなのカ？」

「幸せだ」

「……クロは……？」

「クロは、どうダ……？」

「お、俺は……マキさんが幸せになれる選択をしてくれると、幸せです。……あぁ、あの、えっとですね、まだドーユさんと約束したすき焼きも作ってへんし、ショクさんと約束したザクロのジュースも作ってへんし、せっかく歯磨き粉も甘いのに変えたばっかりで余ってるし、……その、せやから……俺、二人に食べさしてあげたいもんがようけあるんで、……だから、えっと……帰らんとってください」

クロミヤは、尻尾と触手のはしっこを、ぎゅっと握りしめる。

「……二人とモ、ドーユとショクと離れたくないのカ」

「そうカ、ここにいて欲しいのカ……」

離れたくない、傍にいたい。

いま、どうしたいか。


昔、自分たちがどう思っていたかは関係なく、いま、どうしたいか。

マキトとクロミヤのこと、忘れたくない。

元いた世界に生まれ直したら、マキトやクロミヤと出会ったことや、かつて仲良しだったロクマリアとのことや、兄弟や仲間のことを忘れることになる。

それでも構わないと思っていた。

だって、自分たちはそういう種族だと納得していて、命というものに限りがあることを分かっていて、次の世代へ繋ぐことの意味の重大性を理解していたから。

だからこそ、それを覚悟して眠りについたはずなのに……。

じゃあ、マキトとクロミヤも向こうへ連れていけばいいのだろうか……と考えるけど、それは間違いのような気がする。

だって、この二人は、こちら側で生きているのだ。

ドーユとショクの為に死ぬ必要はないし、ドーユとショクと一蓮托生《いちれんたくしょう》する必要もない。

お互い、それぞれの場所で、愛しているという気持ちを大事にして生きていけばいい。

与えられた場所で生きていけばいい。

離ればなれになっても。

でも、不思議。

こちら側の世界でお互いを守れるのはお互いしかいない、人間なんか大嫌い。

ドーユとショクはそう思っていたのに、マキトとクロミヤの存在が自分たちのなかで大きく育っていって、マキトとクロミヤの傍にいることで、二人きりの群れでいることの漠然とした不安や孤独から救われて、こちら側の世界で生きることも楽しくて、こちら側の世界のまだ知らないことを知りたいと思ってしまって、マキトとクロミヤの笑う顔をもう見れないのだと思うと悲しくて、それならいっそ、こちら側の世界で目覚めたのだから、元の世界へ戻らずとも、辿《たど》り着いた未来で、与えられた場所で、自分たちで見つけた運命を大事にしたいと思ってしまって……。

「行くな、ドーユ、ショク。……お前らがいなくなると、俺が生きていけない」

「……そんなに行って欲しくないのカ……」

「行って欲しくない」

「じゃア、行かなイ」

「ずっとここにいル」

向こうの世界へ戻ることは、やめる。

だって、好きな男を泣かせたくない。

この運命、諦めたくない。

手放したくない。

「珍しいな、いつものお前なら、彼らみたいな存在は、殺して、食べて、情報を奪って、次の実験の糧にしてしまうのに……」

＊

マキトたちが帰った後の廃墟で、カエレスのつがいがカエレスにそう話しかけた。

「だって、ウルがあいつらを見逃したのに、俺があいつらを殺したら、ウルとケンカすることになるじゃんか。いや、もう死んじゃってるからケンカもできないんだけど……」

「お前もウルも、ロクマリアに甘い」

「だって、ロクの友達だって分かってるのに……殺せない」

「ほんと、身内に甘い」

「ロクが向こうでだいぶ世話になったみたいだし、……今回ばっかりはしょうがない」

この世に三匹しかいない神様の竜。

白いのがカエレスで、銀色がウルトレーヤで、金色がロクマリア。

違う世界にいた時、三匹でずっと助け合って生きてきた。

家族として、兄弟として、三つに分かれた己の半身として、愛してきた。

そのロクに親切にしてくれたドーユとショクだから、今回は見逃してやっただけだ。

「ぜんぶ、あのマキトとかいう人間の男のせいだ」

あの男、ほんと食えない男だ。

マキトが一方的に取引を破棄すると言ったところで、カンパニーはすごすご引き下がれないし、カエレスだって本音を言うと実験したい。

なのに、結局のところ、マキトがぜんぶ丸く収めた。

竜に取引を持ちかけた男なんて、久しぶりだ。

竜と取引する男なんて、本当の、本当に……久しぶりだ。

基本的に、竜は取引をしてやらないのだ。そんな面倒なことをして、自分と自分の愛しいつがいが不幸になるかもしれない危険を負うのはいやだから。

「ほんと、でも……こればっかりは、しょうがない……」

取引してやらずにはいられなかった。

愛しい者を守る為に、あの男は全身全霊をかけたのだ。

それこそ、命も、運命も、人生も、なにもかも、ドーユとショクを幸せにする為だけに。

「俺の命で代わりになるなら構わない。実験だろうとなんだろうと好きに使ってくれ。カンパニーの仕事で手伝うことがあるならいくらでも働く。今後、協力が必要なら惜しみなく労力も私財も提供する。だから、この二人の望む幸せは壊してくれるな」

マキトは、白い竜とカンパニーに、改めてそんな取引を求めた。

愛する者の為に、命を懸けた。

愛する者の為に死ぬから……と、取引をしない竜に取引を持ちかけた。

あの男が死ぬことが、たとえなんの意味をなさなくても、あの男の為にこちら側へ残ると決めた二匹があの男を失ったのでは本末転倒だと、あの男自身、分かっていても、それでも、ただただ、命を差し出した。

愛する者の為に命を差し出したというその事実は、竜を動かすに充分な理由となる。

竜は、そういう生き物なのだ。

竜は、己の幸せを追い求めて生きる神様。

愛する者の為に存在する神様。

だから、愛する者の為に生きて死のうとする存在には、どうにも弱い。

だって、自分たちもまたそういう気質のオスに惚《ほ》れて、恋をして、好いて、焦がれて、そういう男に愛されて、その結果として、いまここに存在しているのだから。

「ウルもそれが分かっていたから、死ぬ間際にロクと連絡をとって、ドーユとショクを元の世界へ戻す橋渡しだけはしてやったんだろ。……あぁやだやだ、あぁいう傲慢《ごうまん》な人間が一番いやだ。掛け値なしの愛情とか、そういう得体の知れない行動理念で動く人間が一番やだ。あぁいう人間がいるせいで、俺たち人外の運命が狂うんだ」

あぁいう男に惚れてしまって、恋だの愛だのに落ちてしまうんだ。

「人間にしては、随分と男前な男だ」

「捨てたもんじゃないって程度」

「お前にしては最上級の誉め言葉だ」

「妬《や》かないで、うちのカエレスのほうがかっこいい」

自分と同じ名前を持つ愛しいオスの顎先を捉え、息をするように口づける。

スーツの男もまたカエレスの腰に腕を回し、深いくちづけで愛を捧げる。

「……ここにウルがいたら、ロクの家でディープキスすんなよ。おい、舌とか入れんな。リップ音もさせせんな……っ！　とか、うるさいんだろうなぁ」

「死人に口なしだ。先に死んだあいつが悪い」

「ほんと、あいつ照れ隠しばっかりで……我慢なんかしないで、好きな男のことは臆面《おくめん》もなく誉めちぎって、好き放題して、キスだっていっぱいして、大好きだって言いまくって交尾すればよかったのに、……結局、一度も甘えずに死んじゃった……」

死んじゃったらおしまいだ。

あの竜は、結局、そのどれもしないで、死んだ。

愛しい男の傍に近寄れば、それだけで殺してしまうと恐れて、死んだ。

死なないと好きな男を守れない運命だから、潔く死を選んだ。

ちっとも後悔なんかしないで、愛しい男の為に、いま差し出せる愛を尽くした。

　これまでに、何十、何百、何千、何億回と運命に抗《あらが》った結果、いまはそれが最適解だと知っているから、それを選んだ。

　それが、銀色の竜の選んだ幸せだ。

「ロクの奴も、他人の幸せばっかり気にかけてさ、あの獣どもがこっちの生活で困らないように言語まで統一してやって……、命に限りがないとお節介になるのかな」

「あの竜のあの性格は昔からだ。アルキヨがあんな性格だから、アレはアレで帳尻がとれている。両方ともが自分勝手だと、俺たちみたいになってしまうからな」

「それもそっか」

　今回ばかりは、ロクの大切な親友だから仕方ない。

　運命を変えることは諦めていないけれど、今回ばかりは仕方ない。

　何事もすべては運命の取り計らいだ。

　あの四人は運命を見つけた。

　自分たちが幸せになる運命を。

　金色の竜の導きこそあれども、自分たちの力で手に入れて、自分の気持ちに正直に生きて、自分たちの運命を決めて、幸せを摑んだ。

　竜は、竜と竜のつがいに不幸が訪れない限り、彼らの幸いを壊しはしない。

　自分たちで決めた運命に則《のっと》って。

【4】

そんなに長くここで過ごしたわけでもないのに、奈良の本宅へ戻ってくると、「あぁ、やっと我が家に帰ってきたなぁ」と、実家に帰ってきたような心地良さを覚え、ドーユとショクは畳に寝そべり、深く、深く、腹の底から深呼吸した。

すっかり腑《ふ》抜《ぬ》けた二匹は、ころころ畳を転がり、顔を見合わせて額をこつんとくっつけ、手指を絡め、「ふしぎ……」と、はにかむ。

もう、ここに戻ってくることはないと思っていたのに、戻ってきた。

今頃、向こうの世界にいるはずなのに、元いた世界じゃなくて、こちらの世界にいる。

ちょっと前まで、二人一緒なだけで幸せだった。

そして、二人きりでこうしてゆるゆると過ごしていて、こんなにものびのびと健やかな気持ちでいたならば、二人でやらしいことを始めて、のべつまくなしに交尾して、たくさんたくさん気持ち良くなっていたのに、いまは、二人でする以外のことを想像して、でも実行には移さず自分たちにおあずけを食らわせて、その妄想だけでドキドキしている。

ドキドキしているのに幸せで、おあずけなのに幸せなのだ。

あんなに即物的だった自分たちが、じっと待てのできる性格になった。

「お前ら、寝落ちする前にちょっと話するぞ。……クロミヤも、空気の入れ換えとメシの支度はあとでいい。俺も手伝うから……、お前もこっちに来い」

マキトは、和室にどんと幅を利かせて寝転がる二匹をひょいと跨《また》いで、畳に胡坐《あぐら》をかくと、家に帰ってくるなり、あれやこれやと立ち働くクロミヤを呼んだ。

「マキト、クロは遠慮していル」

「クロは、混み入った話や今後についてハ、マキトとドーユとショクの三人でするものだと思っていル」

「そう思うなら、あいつが遠慮しないでいいように仲間によせてやろうな」

マキトに言われて、ドーユとショクは頷く。

「あの……ご用ですか」

「来イ」

「こっチ」

クロミヤが遠慮がちに和室を覗《のぞ》くから、ドーユとショクは両方の手を引っ張ってクロミヤを畳に座らせた。誰かが上座に陣取って、その下に三人が座るのではなく、四人で円座になって、膝を突き合わせた。

「それでは、我が幸代家《ユキシロ》の今後について話し合う。まず、俺の意見だが、ドーユとショクとクロミヤと俺の四人で一緒に暮らす。俺は、お前ら三人ともが等しく大事だ」

「ドーユとショクの意見はひとつダ」

「ここにいル」

ただそれだけ。

こっちは自然も少ないし、お水も不味《まず》いし、やっちゃいけないことも多いし、生きるには窮屈な場所かもしれないけど、マキトが夜中に一人でさみしい顔になるのはいやだし、クロミヤは可愛い弟だから置いていけないし、向こうに帰った時に二人のことを思い出せないのもいやだし、二人を置いていったことを後悔するのもいやだ。

時には、向こうの世界を思い出して悲しくなることもあるだろう。でも、その悲しみを埋めてくれるのは、たぶん、きっと、マキトとクロミヤの存在だ。

もし、マキトとクロミヤを選ばず、向こうの世界へ戻ってしまったら、マキトとクロミヤが傍にいないことの悲しみを、ドーユとショクの二人だけでは埋められない。

故郷と愛しい人。

悲しいと思う気持ちは、それぞのまま恋しいという気持ちだ。

その二つを天秤《てんびん》にかけたなら、答えは明白。

「向こうへ戻っテ、二人を忘れてしまうのが一番いやだかラ、もうずっとここにいル」

「それ二、ドーユとショクはとっても長生きだから、二人がしわくちゃになるまで一緒にいてもぜんぜん大丈夫」

「時間はたっぷりあるシ、ここにいても種の保存はできル」

「種の保存って……」

いやな予感がしたのか、クロミヤが頬を引き攣らせる。

「クロミヤがドーユとショクとマキトの子を産んデ、ドーユはショクとマキトとクロミヤの子を産んデ、ショクはドーユとクロミヤとマキトの子を産んデ、マキトはぜんぶの赤ちゃんのお父さんになったらいイ」

ドーユが自信満々に言ってのけた。

「うン。ドーユ最高、いまドーユはすごいイイこと言っタ」

ドーユの隣で、ショクも大きく首を縦にしている。

「俺は産まなくていいのか？」

「マキトは産まなくていイ。いつでもずっとちゃんと働けるオスが一匹は必要だからナ」

いつでも、常に、群れを守って戦う絶対的なオスが必要だ。

「ドーユとショクは、たくさん産ム」

そしたら、みんなでおっきな群れになる。

群れから巣立った子は、またよそで愛しいつがいを見つけて、群れを作る。

「これデ、ドーユとショクとマキトとクロミヤの群れは安泰ダ」

「あの、さりげなく俺も含まれてますけど……俺は産めませんよ？」

「クロミヤは産メ。喜べ、たくさん孕《はら》ませてやル」

「産めといったら産メ。安心しロ、立派なボテ腹にしてやル」

人外を舐めるなよ。

人間のオス犬ごとき、いつでもその腹、膨らませてやれるぞ。

「安心しロ。生活の心配はいらン」

「お前がしている料理や掃除もみんなで分担スル」

「分かったカ？」

「分かったら返事ダ」

「いや、あの……これからは四人で仲良くするんですか？　なんで当然のように俺も仲間に入ってるんですか？」

「クロミヤは時々卑屈ダ」

「……はぁ」

呆《あき》れた様子のショクに、クロミヤは曖昧《あいまい》な返事で言葉尻を濁す。

「本当は自分も仲間に入れてもらいたいのニ、拗《す》ねてそういう態度に出るところがあル」

「そういうのも可愛いガ、時には素直なほうが可愛げもあるゾ」

「でも、四人で……ってのは……」

「大体にして、なんで四人で仲良くしたらダメなんダ？　恋愛って絶対に二人でしないとあきませン、というやつなのカ？」

「でも、俺、すぐ独り占めしたくなる性格なんで……」

「クロはマキトだけが好きなのカ？」

「ドーユさんとショクさんのことも好きですよ。でも、やっぱり、俺は……なんていうか、順番をつけてしまうほうやから……」

　一番大事なのはマキト。

　生まれてこの方ずっと一番しかいなかった。

　その次に、ドーユとショク。

　これは、最近自覚した二番目。

　マキトのように三人を等しく大事にするとか、ドーユとショクのように公平にすべてを愛するとか、そういうことはできない。

　できないから、躊躇《ため》らう。

　クロミヤはわりと我儘なのだ。

　自分がそうして順序をつけてしまうような人間だから、自分も好きな人から順序をつけて愛されたら……と思うと、不安でしょうがない。

マキトも、ドーユも、ショクも、そんな性格ではないと分かってはいても、自分がそうして順序をつけて接してしまうのではないかと不安だし、マキトを二人に独占されて、奪《と》られるのが悔しいと思う自分もいやだし、そんなふうに、いろんなことに自分だけが狭量で、人でなしみたいな気持ちになるのが、すごく、すごく、いやなのだ。

「いいんじゃないカ？　クロの一番はマキトで」

「そうだナ。クロはマキトがいないと生きていけないのだから、マキトが一番でいいんじゃないカ？」

「それならラ、もし、マキトが亡くなった時ニ、ドーユとショクがクロを支えてやれるからナ」

「一人欠けてモ、残りで支え合えるのが群れのいいところだナ」

「お前らなぁ……俺が一番最初に死ぬ前提で話すなよ。絶対に長生きして、百越えてもお前ら啼《な》かせてやるからな」

「マキトは精力旺盛《おうせい》。長生きしロ」

「ドーユもショクもそれを望んでいるシ、クロミヤもそれを望んでいル」

お前のクロミヤは、お前がいないと悲しくて死んでしまう生き物だ。

そして、ドーユとショクも、お前がいないと悲しくて死んでしまう生き物だ。

なにせ、お前とクロミヤと一緒に生きることを選んだのだ。

お前たちがいないと、生きていけない。

「あの……マキさん、俺……マキさんに恋愛感情があるんかどうかも分からんくて……」

「めんどくせぇからもう四人でよろしくやろうや」

「……えぇ、そんな……大雑把な……もうちょい丁寧に恋だの愛だのを……」

「とりあえず、ドーユとショク方式で物事を考えろ。本能で判断して、反射で返事をしろ。俺とドーユとショクはお前のことが好きだ。抱いて孕ませたいって思うくらいには。あとはお前がそれ受け入れるかどうかだ。お前、俺たちのこと好きか？」

「はい」

畳みかけるように問われて、反射で、本能で、はい。

あれこれ考えずに、はい。

ただそれだけで、すとん、と落ちた。

自分の気持ちも、マキトや、ドーユや、ショクに対する気持ちも、ぜんぶ、すとんと、収まるべき恋に、落ちた。

だって、好きなのだ。

不思議なことに、目の前にいる三人の誰に望まれても、押し倒されても、それを拒むつもりがないことにクロミヤは気づいてしまったのだ。

じゃあそれならもういっそ四人で……と覚悟が決まったのだ。

「ドーユとショクは、四人でいられたら幸せダ」

「良い縁、良い運命に巡りあっタ」

ドーユとショクがマキトのもとに現れて、マキトと仲良くなって、それで初めてマキトの傍にいるクロミヤとの関係も深くなれて、ようやく四人でひとつの群れになれた。

これが偶然なのか必然なのか運命なのか……そんなことはどうでもいい。

目の前にわしゃわしゃと可愛がりたい男がいて、ぐちゃぐちゃになるほど可愛がってもらいたい男がいる。

この運命、手に入れたもの勝ちだ。

ドーユとショクの勝負は、そういう勝負だ。

そして、この勝負は、勝ちだ。

幸せな運命を選んだのだ。

だから、これは、こういう運命。

四人がそれぞれ、「あぁ、俺の運命ってこうだったんだなぁ」と、しっくりくれば、それで勝ち。

四人のうち誰が欠けてもこの形にはならないから、この形が大事。

俺の運命、こんなところで、こんなふうに、こうやって見つけた。

それだけ分かっていて、それを大事にできるなら、これ以上幸せなことは、なにもない。

＊

この家には、四人の交尾に耐えられそうなベッドがないので、和室に布団を四つ敷いた。

「……うう、なんやこれ……めちゃめちゃ恥ずかしい……」

布団を汚さないように、敷き布団にバスタオルを敷きながら、クロミヤは、「いまからドーユとショクとマキトに犯される準備をしている自分」というものを客観的に見せつけられてしまい、ひどく恥ずかしい思いをした。

ドーユとショクは、「布団を汚すのがいやなら外でするか?」と言うし、マキトは「そりゃせめて場数を踏んでからにしてやれよ」、なんて朗らかに笑っている。

クロミヤだけが一人で処女の生娘のおぼこみたいで、「布団でやりましょう……せめて、布団……」と、青姦に決定される前に、布団の上での初夜を主張した。

でも、寝床の準備が得意なのはクロミヤだけ。

結局はクロミヤが主体になって布団の支度をして、シーツをかけて、バスタオルを敷いて、いまから抱かれる準備をしている、というわけだ。

すっかり準備が整うと、ドーユは自分の手で布団をふみふみして寝床を整え、ショクは枕の位置やら照明やら、粘液の分泌具合やらを調整している。

マキトにいたっては、バスタオルを敷いた布団の上にパンツ一丁で胡坐をかいて、「おい、まだか、心決めろよ」と大きな欠伸をしている。

けれども、三人はクロミヤを急《せ》かしたりしない。

急かしはしないけれど、ドーユとショクは二匹でべたべたいちゃいちゃ。ちゅっちゅと音を立てて唇を重ね、マキトはその二人を眺めながら、時々、ドーユの尻を叩いたり、ショクの首筋を撫で上げたりしてちょっかいをかけ、クロミヤは布団の端でそれを見ている。見ているのに、その雰囲気に呑まれて、アテられて、引きずられる。

ドーユとショクが、仲間外れを許さない。

マキトは、クロミヤから欲しがるのを待ってくれるし、ドーユとショクが先走りそうになるのを止めてくれる。

クロミヤは、びくびくと怯える小動物みたいに眉を八の字にして、無意識のうちに三匹のオスにおあずけを食らわせて、オスの欲を煽《あお》り立てていることを自覚していない。

でも、やっぱり、四人でしないとどうにもならない。

四人でするから、四人でこういう時間を過ごすから、楽しい、幸せ。

交尾はこわくないとクロミヤに教えるように、ドーユとショクは、ひと足先にマキトに抱かれる。クロミヤの目の前で、まぐわう。

マキトの一物がドーユとショクを交互に犯し、敷いたばかりのタオルを汚す。

「……ひ、ぅ」

　クロミヤは、獣の穴に出入りする凶器に息を呑む。

　ドーユの腹筋は鍛えられているから、陰茎を咥《くわ》えこんでもぜんぜん膨らまない。ただ、マキトの陰茎が通る時だけ、ごりゅごりゅと掻き乱されて、ほんのすこし皮膚が蠢く。

　ショクは背中がすごくきれいで、艶《つや》めいていて、首筋から背骨に沿って汗が流れて、腰の括《くび》れで弾《はじ》けて跳ねると、すごく甘い匂いが薫る。

　ぼんやり熱に浮かされた眼差しで、クロミヤは三人の痴態に見入る。

　三人の絡み合って乱れた姿や、その場に充満するオス臭さ、あられもなく乱れる獣たちにアテられて、クロミヤは薄く唇を開いたまま、呆《ほう》けている。

「おいデ」

　ドーユがその手を伸ばしてクロミヤの髪を引っ張り、唇を重ねる。

「初心《うぶ》なメスもまた佳《よ》イ」

　ショクがすっかりちぢこまったクロミヤの陰茎を舐めしゃぶる。

　マキトに犯されている二匹が、クロミヤを弄《もてあそ》ぶ。

　二匹がかりで後ろの穴を弄《いじ》られてクロミヤが悲鳴を上げると、「ドーユ、ショク、最初だから優しくしてやれ。それと、あの訳分かんなくなる粘液は使うなよ」と、マキトがすかさずフォローを入れる。

「クロがきもちいいことに弱いだけダ。すこしなら良かロ？」

「ガンギマリするんだよ、そいつ」

「では手加減しテ、ドーユが舐めてほぐしてやル」

「ほラ、クロ、ドーユが舐めてくれル。ドーユに尻を差し出セ」

「ひっ、ぅ……っひ……っひ……っ」

あちこちから手が伸びてきて、そちらこちらで会話が成立していて、どこもかしこもでひっきりなしに肉のぶつかる音がして、濡れた音が休みなく響いて……クロミヤは諦めた。

考えることを諦めて、三人に言われるがままにした。本能と反射で、それが一番楽で気持ち良さそうだと判断したから、ぜんぶすっかり三人に明け渡した。

「これは従順で仕込み甲斐《がい》があル」

「マキトの犬はやっぱりいい犬」

良い犬を手に入れた。これからは毎日可愛がろう。

ドーユとショクは、わりと簡単に籠絡《ろうらく》できたクロミヤを抱きこみ、幸せに浸る。

「おい、お前ら、その犬、まずは俺のだからな。……お前らにはこっちくれてやってるだろ？　おら、不服か？」

「……っ、マキト……」

「ひぁ……あっぉ、あぉ……っ」

すぐ調子に乗るドーユとショクが、きゃんきゃん、きゅうきゅう、悲鳴を上げる。

マキトに交尾してもらえて嬉しいと股《また》を開き、腹を見せ、大喜びで達する。

マキトが一番交尾が上手で、ドーユとショクはすっかり主導権を握られていた。

余裕さえあればクロミヤの尻を可愛がってやりたいのに、自分の尻を可愛がってもらうのに必死で、腰を高く上げた交尾の恰好で、ぐずぐずにとろけてしまう。

そうしたら、おずおずとではあるけれど、クロミヤが自発的にドーユの陰茎をしゃぶり、ショクの陰茎を手で慰め始めた。

「……ったく、お前らは……前か後ろどっちかにしろよ」

マキトが苦笑して、ドーユとショクを順番にイかせた。

「んっ、ぁあ」

「ぉ、ぉあっ、あ」

ドーユとショクは握り合った手をぎゅっときつく結び、絡ませた指が手の甲に食いこむほど感じて、クロミヤの口と手に射精する。

ひとしきりの余韻に浸るまもなく、射精しながらまた陰茎を大きくした二匹は、精液まみれのクロミヤを二匹がかりで布団に組み敷く。

「………マキ、さ……」

「一発犯されてこい」

休憩中のマキトに言われて、クロミヤはこくんと頷き、ドーユとショクの体にぎゅっと挟まれて、上から下から、ぐずぐずの処女穴に獣を迎え入れる。

「初めてで二本差ししてやるなよ……」

マキトは、三人の結合部のえげつない様子に苦笑した。

「クロ、できるだけ痛くないようにしてやるからナ」

ショクが粘液の分泌量を調整しつつ、クロミヤのなかに注いでいる。

クロミヤの穴は肉がほころんで、とろとろだ。それこそまるでローションをぶっかけられた商売女みたいに濡れて、二本のオスを苦もなく呑みこんでいる。

その穴があまりにも気持ち良かったのか、ドーユが、これもまたえげつない腰遣いとケモノじみた息遣いで、がつがつ掘っていた。

それに触発されてか、ショクも、どんどんクロミヤの腹の奥深くまで捩《ね》じこんでいくから、クロミヤの腹の表面がでこぼこ蠢いて、まるで、腹のなかに大蛇でも詰めこんでいるかのようで、恐ろしく凶悪だった。

そうしてクロミヤに群がる二匹の獣も、双方ともに尻からマキトのザーメンを垂らし、腰を使い、いきみ、腹筋や臀筋《でんきん》に力を籠《こ》めるたび、ぶちゅ、と精液を飛ばしている。

マキトの目には、メスが三匹でじゃれ合う姿が愛らしく見えた。

健気《けなげ》なもので、クロミヤは悲鳴も漏らさず、痛いとも言わず、二匹を受け入れている。

ドーユとショクはといえば、クロミヤの穴の心地良さに遠吠《とおぼ》えで喜びを伝え、尻尾を振って、どばどばとよだれを垂らし、がむしゃらに腰を振りたくる。

馬鹿みたいな顔して、気持ち良さそうで、可愛い。

こうして客観的に二匹が気持ち良さそうにする姿を見られるのも、四人ならではの特権だ。

「……にしても、あんな凶悪なもんぶちこまれたら、がばがばだな。二度と普通の人間の男じゃ満足できねぇだろ……」

なんてことを思っていたら声に出してしまっていて、ドーユとショクは得意げになって鼻を鳴らし、ぐずぐずのクロミヤは悲愴《ひそう》な面持ちで、「……ゆ、ゆるいの……あきません、……こまります、だめ……」と半泣きになっていた。

「どうせこいつらのほかは俺がぶちこむだけだ。ゆるくてもかまやしねぇよ」

クロミヤは、マキトに抱かれたなら泣いて喜ぶ。

自信家かもしれないが、それくらい愛されていると自惚《うぬぼ》れるくらいは許されるはずだ。

「マキト、クロの穴すごイ。ドーユ、もう三回も出しちゃっタ」

「ショクのちんちん、こんな奥まで入った人間初めテ……とろふわ……」

二匹の獣は、マキトの犬を手放しで誉めちぎる。

「ドーユ、そのままクロミヤ犯してろ」

クロミヤを抱くドーユの、その、さっきまでマキトを咥えていた尻を指で広げ、ぐちゅぐちゅと掻き回し、肉の具合を確認して、ゆるく勃起《ぼっき》した己の陰茎を埋める。

「ぉ、ぉー……ぉ、あぉー、ぉー……」

クロミヤを前で犯しながら、後ろからマキトに犯されて、低く唸る。

背骨を駆けあがる快感をこらえきれず、ぎゅっと背を丸め、次の瞬間には喉を仰《の》け反《ぞ》らせ、絶頂を迎えながらクロミヤに種を付ける。

一時の休息も与えられぬまま、マキトに両腕を摑まれて馬の手綱のように引かれ、がつがつと突き上げられる。

動きの止まったドーユの代わりにショクが動いて、ドーユの陰茎ごとクロミヤの体内で摩擦する。そうすると、ドーユの尻もよく締まって、マキトも息を詰めるし、クロミヤはびくびくと痙攣《けいれん》して、舌を出して酸素を求める。

「クロ、こっちでいちゃいちゃしよウ」

「んぁ、ぷ……ふぁ、んっ……んっ、んっ」

ショクに顎先を捉えられ、クロミヤは唇を吸われる。

ショクは、淡泊なように見えて責めるのが好きだ。クロミヤの乳首をつねったり、舌を噛んだり、勃起したクロミヤの陰茎をわざと下へ向けて引っ張ったりして、とにかく無邪気に、それこそまるで花と蝶《ちょう》が戯れるかのように、クロミヤを翻弄《ほんろう》して、遊ぶ。

「ドーユ、そのちんこぜんぶ挿《い》れるなよ」

マキトが先もってドーユに牽制《けんせい》をかけた。

ドーユの陰茎は根元が膨らんで、一時間や二時間は射精し続ける。

「な、っんデ……⁉　根元まで挿れたいっ……いれたイ……っ」

「クロが壊れるからだメ」

ショクが笑って、そのくせ、自分はずぶずぶとクロミヤの奥を暴《あば》く。

「ショク、お前もだ。結腸越えするんじゃねぇぞ」

ショクの長い陰茎はクロミヤの結腸なんてあっという前に越えて、小腸や大腸にだって入りこむ。

「……ひどイ」

いままさにクロミヤの奥の奥を開こうとしたのに、寸止めだ。

「そういうのは、時間かけて、開発して、よく仕込んでからやるんだよ」

「あの気持ち良くなる粘液で仕込むのカ……？」

「あれでやったらクロミヤがビビって訳分かんなくなるだろうが。いいか？　こういうのはな、本人の自覚がちゃんとある時に、なにをどうするか理解させたうえで、本人が望んだ状態でケツ拡《ひろ》げる練習させて、毎日きっちり仕込んで、そのあと、意識がはっきりしてる時にぶちこんで、自分がいまどこをどう犯されるか分からせるのがいいんだよ」

「……マキトは鬼ダ」

「やることが本格的ダ……」

「まぁそう言わずに、自発的に気持ち良くなる練習してるクロミヤを想像してみろよ」

毎日毎日、自分でケツにローションとプラグ仕込んで拡張しながら俺らのメシ作って、掃除して、買い物して、仕事して、夜には俺らにどれだけ拡がったか報告するクロミヤを想像してみろ。

「……な？　俺たちの為に尻の支度をするクロミヤは可愛いだろうが」

「かわいイ」

「どうしよウ……想像でイっちゃっタ……」

ドーユとショクは、二人して同時にクロミヤのなかに射精する。

それも、ドーユは亀頭球がめりこまないようにマキトの手に根元を摑まれたまま。ショクも、奥まで入りすぎないように陰茎のなかほどを摑まれた状態で種付けさせられる。

やっぱりマキトは最高だ。

いろんな交尾の仕方を知っている。ドーユとショクが知らないような、手間暇をかける楽しみ方や、それこそ、何時間も、何日も、時には何年もかけて、毎日ちょっとずつ楽しみを増やしていくような、そんな、気の遠くなるような、幸せのずっと続く愛の交わし方を知っている。

「……も、いぃ……も、おわ、り……、したぃ……」

クロミヤは重い腹を引きずって、布団から這《は》い出ようと爪先《つまさき》で畳を掻く。

「まだ始まったばかりダ。クロは音を上げるのが早イ」

「まだ初日ゾ。……ほラ、マキトがお待ちかねダ。クロもマキトに愛されてこイ」

「人生が変わるゾ」

ドーユとショクは、幸せを独り占めしない。

クロミヤにも味わって欲しい。

逃げるクロミヤを二人がかりで引きずり戻し、マキトに献上する。

「お前らはよく弁《わきま》えてていい子だなぁ……、なぁ？　クロミヤ？」

「……マキ、さ……っン」

「ほら、抱いてやる」

マキトは、こういう時にクロミヤが躊躇《ちゅうちょ》すると分かっているから、有無を言わさず、抱く。

「クロ、気持ちいいのが入っていくゾ。クロのお尻はドーユとショクがお膳立《ぜんだ》てしてやったからナ、入り口も奥もとろとろデ、勝手にマキトの一物を呑みこんでいク」

ドーユは、目を瞑《つむ》っているクロミヤの右手を握ってやり、どうやって入っていくかを、事細かに教えてやる。

「ほラ、がんばレ、がんばレ。あともうちょっとでぜんぶ入るゾ、いまクロを抱いているのはクロの大好きなマキトだ。良かったナ、好いた男に抱いてもらっているゾ、ひとつに繋がっているゾ、っふフ……ちんちんからいっぱい吹いテ……かわいイ」

ショクは、どろどろのぐちゃぐちゃになったクロミヤの陰茎をつまんで引っ張る。

「……ゆるいと思ったけど、なかなかイイ穴してるぞ」

「クロ、よかったナ。マキトに誉めてもらえたゾ、喜べ」

「っふふ、うれしくてまた吹いタ」

「……っン、んぅ……っん、っ、ん……っ」

正常位でクロミヤを犯しているのはマキトだけなのに、一度に三人に犯されているみたいで、クロミヤは顎先を仰け反らせ、腰を弓なりに反らし、声もなく喘《あえ》ぐ。

マキトがクロミヤを抱いている時は、ドーユとショクも一緒になってクロミヤを可愛がるし、ドーユとショクがマキトに抱かれている時は、クロミヤが可愛がってくれる。

そうして、みんなで、みんなを、可愛がるのだ。

「クロは交尾の時にあんまり喋らなイ」

「おっきな声で喘げばいいのニ」

「喋ってる余裕がねぇんだよ」

左右に首を傾げて、こつんとおつむをぶつける二匹に、マキトは笑って教えてやる。

マキトは時間をかけて己の一物をクロミヤの肉に埋め、じっと馴染《なじ》むまでそこに留《とど》まると、ドーユとショクを手招き、それぞれの唇を奪い、二匹の尻を順番に指で犯してやる。

「交尾の時によく喋るのは、ドーユ、マキト、ショク、クロの順番ダ」

「俺よりショクのほうがよく喋ってるだろ」

「そうカ？　まァ、確かにショクはぐだぐだ喋りながら交尾するのが好きダ」

「クロミヤをいじめる時のショクは楽しそうだしナ」

「確かに楽しイ。……ドーユ、なにをしていル？」

ドーユは、クロミヤの腹に耳をくっつけて、目を閉じている。

「くろのおなか、ぢゃぽぢゃぽゆってル。かわいイ。精子いっぱいの子種汁が泳いでル」

「……ほんト？　ショクも聞きたイ。はんぶんこしテ」

「……いいヨ。はんぶんこ。……ほラ、くろのおなかたぽたぽ、孕んでル。……マキト、ドーユもこれになりたイ」

「ショクも」

「おう、任せろ。全員まとめて胎《はら》ボテにしてやろうな」

「マキト、かっこいイ」

「夜の強い男、かっこいイ」

ドーユとショクは、きゅんと胸と尻穴を切なくする。

やっぱり、このオス、最高だ。

よだれを垂らして目を輝かせるドーユも、ごくんと喉を鳴らして発情を隠さないショクも、いまクロミヤの腹に収まっているマキトのオスが恋しくて、それを咥えこむクロミヤのことも愛しくて、じゅるりと舌なめずりする。

「……っ、マキさん……そのでっかいちんちん、抜いて……」

「はらわた、ぐるぐるゆってル。コレ、ドーユもしたイ。していいカ？」

「ショクはクロの胃まで挿れたイ。下からいっぱい詰めテ、満杯にしたイ」

「……ひっ」

「クロ、うんこもらス？　おしっこにすル？　いま尿道から上がってるカ？　玉がぱんぱんだからもう出すナ？　ドーユの口に出していいゾ」

「ショクも呑む」

二匹は大きな口をがぱりと開けて、クロミヤの陰茎を左右からぱくん。

「……ひっ、ぃ……も、でぇへん……っ、……だめ、でな、ぃ、ですっ……」

「よく言ウ。いっぱい出タ。マキト！　今度はドーユがクロのなかに入れたイ！」

「ドーユさんのっ、くち、っ、くちで飲んであげますから、我慢して……っ」

「ショクのハ？」

「のみます、からぁ……っ！」

「お前ら三人で仲良しは結構だが、棒役の俺に感謝はないのか？」

「ん……マキトのまだ元気。ショク、マキトに挿れてもらうが良イ。……マキトはショクに挿れたげテ。ショクのココ、さっきから濡れてぐちょぐちょ。お布団にしみてル」

ドーユとショクは唇を重ねて、クロミヤの精液をぐちゅぐちゅと泡を立てて味わう。

そうする間にも、ショクは自分の手で自分の穴を開いて、マキトを誘う。

「クロ、あとでお前の童貞ももらってやるからナ」

「あー……っんぁ、あー……」

耳もとでそう囁くドーユにずぶずぶと犯されて、クロミヤは止《と》め処《ど》なく溢れる気持ち良さと、これから与えてもらえる気持ち良さへの期待感に追い立てられ、子猫みたいに喘ぐ。

「ショク、お前はこっちだ。おら、とっととケツ穴めくれ」

「っン、ふぁ……ふふっ……ぁ、ふ……すごイ、すごィの、きタぁ……」

マキトに組み敷かれたショクは、おっとりとした手つきで、己の胎を撫でさする。

クロミヤとショクは、二人一列に並んで正常位で犯され、ゆさゆさと上下に揺らされ、めいっぱいハメられながら互いの手指を絡める。

さっきまでドーユと口づけていたショクの唇は、クロミヤと重なっている。

ちゅっ、くち、……くちゅ。ショクの舌が絡み、クロミヤもおずおずとそれに応《こた》える。

ショクは、クロミヤがこうしてドーユとショクを上と下から受け入れてくれて、気持ち良くなってくれて、とろんと可愛い目で見つめてくれることが、嬉しい。

「マキト、ドーユも欲しイ」

「いくらでも」

ドーユとマキトは、ほんのすこし体を傾げて、互いに唇を触れ合わせる。

牙《きば》の触れる、噛みつくみたいなドーユのくちづけに、マキトはぶるりと身を震わせた。

クロミヤとショクが、マキトとドーユのくちづけを物欲しげに見つめるから、互いの陰茎を扱《しご》いて慰め合うメス役の二匹に、このくちづけを見せつける。

「……ドーユ、さ……」

「マキトぉ……」

でも、こんな甘え声で呼ばれたら、いじわるもできない。

マキトはその唇をショクに、ドーユはクロミヤに与えて、みんなで仲良く触れ合う。

触れ合って、種を付けて、こぼれたものもぜんぶ啜《すす》る。

四つの影が溶ける。

もつれあって、ぐちゃぐちゃで、ヒトとケモノの境界線がぼやけて、どれがどれか分からなくなるくらい、四つが混じってひとつになる。

ドーユはこれを純粋に肉欲として耽り、ショクはこれを単純に愛の交合として溺《おぼ》れた。

二匹の頭からはもう種の保存だとか、未来の為だとか、そんなものはすっかり抜け落ちていて、理性のタガを取り外したあとに残った本能だけで、愛しい者を貪《むさぼ》った。

＊

一回が短いけど回復の早いドーユ。

けれど、射精時間は一番長くて、平気で一時間や二時間は出すし、回数が多い。射精と同じで、尻でイくのも早いけれど、何度も何度も求めて、何度も何度も可愛く絶頂する。

ねばっこいのはショク。

射精までがひたすら長くて、ずぅっとあちこちに触れて、あれこれと注文をつけて翻弄して、言葉でも可愛がって、最後の最後にやっと射精する。こちらは、メスみたいにイく時はイくけれど、尻の締まりがすごく良いので、なかなか放してもらえない。

経験値が一番低くて快楽に弱いのがクロミヤ。

クロミヤはすぐに物も言えぬ状態になる。三人がかりで、よってたかって穴を使われて、「お、おれも、ちんこ……つかいたぃ……」とねだれば、五十回に一回くらいはドーユかショクの穴を貸してもらえるけれど、それも搾り取られて、抱いているようで抱かれているようなもの。

「……もうだメ、死んじゃウ……」

体力だけはあり余っているはずのドーユが、マキトにしな垂れかかる。

「ショク、枯れちゃウ……」

のんびりおっとりだけど持久力があるはずのショクが、諸手《もろて》を挙げて降参する。

「ふっ、ぇ……っぅ、ぅう」

クロミヤはガンギマリするのが早くて、すぐに泣く。

「なんだお前ら、だらしねぇな。今夜は記念すべき初夜だぞ？　初夜」

「……絶倫……こわイ」

「マキトには誰も敵《かな》わなイ」

「……マキさん、も……太陽……お昼すぎて……、……もう、夕方……」

マキトは絶倫。

三人はすっかり骨抜きにされて、お尻もどろどろ。ドーユもショクも尻尾と触手を巻いて逃げるレベルで、クロミヤは開いた股も自力で閉じられない。

「マキト、強イ」

「子宮にクる……」

「ケツいたいぃ……」

「おう、お前ら、休んでんじゃねぇぞ、とっとケツ並べろ」

「……ど、ドーユ……最後でいイ……」

「…………ショク、ちょっと光合成したィ……」

「や、ちょ……ドーユさん、ショクさ……っ、逃げんとって……っ」

「逃げた順番にハメてくか」

ずるずる逃げる三人の足首を一本ずつ引っ張って、自分の周りに侍《はべ》らせる。

「ドーユ、口でするかラ……」

「ショク、いっぱい舐めてあげるかラ……」

二匹はマキトの逞《たくま》しい裸体に縋ってご機嫌取りをする。

「も、腹が……膨れて……俺、これ、出したい、です……」

三人分のアレソレで異様に膨らんだ胎を抱えたクロミヤは、身が重い。

「おー、よしよし。立派な胎になっていい子だな」

マキトはそれぞれの頭を撫で、「当分、仕事も入れてないから、腹を空にしてもまた膨らませてやるぞ」と、あますところなく三人を抱く。

「……たくましイ……ドーユ、めろめろになル」

「ショク、こんなの初めテ……」

「……っな、なんやかんやで、ドーユさんとショクさんは体力あるやないですか……俺、……普通の人間やのに……んっ、ンん、……ぅ……っんー……！」

ドーユとショクが二人がかりでクロミヤのなかにいるマキトの陰茎を舐めるから、マキトのそれはまた大きく育つ。

結合部から溢れる精液を、クロミヤのまたぐらに顔を突っこんだ二匹の獣が舐め啜る。

クロミヤは、「……あぁ、きっとこれが終わったら、次は、俺がドーユさんとショクさんのなかに出された精液を舐めて食べる順番だな……」なんてことをぼんやり思う。

ぺしょぺしょ。自分の太腿の間にいる二匹が可愛くて、クロミヤが手を伸ばす。

すると、ドーユとショクの二人が手を繋いでくれる。

手を繋いだら、「お前らが仲良しで嬉しいよ」と、マキトが笑ってくれる。

笑ってくれたら、メスは三匹そろって胸にぎゅっときて、下腹がきゅんと幸せになる。

「わしゃわしゃしたイ」

「したイ」

「俺も、したいです……」

おずおずと主張するクロミヤにドーユとショクは頰を寄せ、尻尾と触手でびたびた布団を叩き、マキトとクロミヤをわしゃわしゃした。

鳥の巣みたいになったふぁふぁの髪でマキトとクロミヤが笑って、ドーユとショクの髪をわしゃわしゃのくちゃくちゃにした。

ドーユとショクはきょとんとして、それから声を上げて笑った。

これから毎日こんな幸せが続くのだ。

今日も、明日も、明後日も、ずっと、ずっと……。

＊

ぽかぽかの縁側でひなたぼっこ。

ドーユはマキトのお膝に頭を乗せて、ショクはクロミヤのお膝に頭を乗せて、ざっかざっかとブラシで髪を梳《す》いてもらっている。

現代風の毛繕いは、ぺろぺろ舌で舐めるだけではないらしい。

クロミヤが用意してくれた、この獣毛のブラシや柘植《つげ》の櫛《くし》の尖《とが》り具合ときたら実に心地良くて、ただ髪を梳《くしけづ》られているだけなのに、気づいたら腹を出してよだれを垂らし、すっかり骨抜きにされてしまう。

クロミヤは、それと合わせて、椿油《つばきあぶら》だとか、薔薇水《しょうびすい》だとか、いいにおいのするものをドーユやショクの嗅覚《きゅうかく》の邪魔にならない程度に使ってくれる。

ドーユやショクが自分でそれを使うと、クロミヤがしてくれたように、ふぅわりと香るような心地良い匂いにはならない。

だから、たぶん、クロミヤにしてもらうからいいんだと思う。

マキトは、ドーユとショクを風呂にこそ入れてくれるが、がしがしわしわし、ごりごりと力任せなので、お風呂に入れてもらうのも、やっぱりマキトよりクロミヤだと思う。

今日、ドーユはマキトに毛繕いしてもらっているけれど、本当は、ショクとドーユの二匹並んでクロミヤを選びたいところなのだ。

でも、そうしない。

だって、マキトはマキトなりに、「俺、こういうのほんと下手なんだよ……」と言いながらも、一所懸命、悪戦苦闘して、真剣な顔して、クロミヤに教えてもらいながらドーユとショクの毛並みを整えて、毛繕いしてくれるから。

ドーユとショクの為に、努力をしてくれるから。

ドーユとショクが、すこしでもこちらの世界で生きていきやすいように、心地良く過ごせるように、努力してくれるから。

だから、ドーユとショクも、努力をする。

こちらの世界へ馴染む為の、マキトとクロミヤと一緒に生きていく為の、四人で一緒に幸せになる為の努力をする。

マキトとクロミヤの思いやりに報いたいその一心で、惜しみない努力をする。

ドーユとショクは、マキトとクロミヤが死ぬまでこっちにいると決めた。

その後のことはその時になったら考える。

ドーユとショクは長生きだから、いまは、マキトとクロミヤを大事にすることだけを考える。

好きな子たちのことを考えて生きていける人生は幸せだ。

マキトは懐の広い男で、「ぜんぶひっくるめて面倒を見る」と言ったその言葉の通りに行動して、ドーユとショクが自然体で生きていけるように手を尽くしてくれて、惜しみなく財を使ってくれて、知恵を絞ってくれる。

時々ではあるけれど、クロミヤも、「なんや、俺の一生、マキさんと出会えただけでも幸せやのに、これはこれで恵まれた人生やなぁ……って思います」と口下手なりに、三人に愛の言葉を伝えてくれる。

あと、ちゃんとお尻も拡張してくれている。

四人で仲良くやっている。

ドーユとショクは、日々、学習して、情報を得て、知恵をつけて、こちらの世界にもすこしずつ馴染み始めているし、最近は、マキトの仕事も手伝い始めた。

今回の件で、マキトは、カンパニーや白い竜とも繋がりができて、取引やらなんやらで便宜を図ってもらったから、余計にそちらからの依頼が多くなって忙しい。

その影響もあって、死ぬかもしれない仕事も増えたし、人外絡みの案件が持ちこまれる機会も増えたし、マキトとクロミヤが狙《ねら》われる確率も上がった。

そういう時は、ドーユとショクの出番だ。

ドーユの大事なマキトとクロミヤを傷つける不埒《ふらち》な輩《やから》は、ドーユが頭からバリバリ食べたり、ショクの養分になってもらっている。

人外二匹と金髪の青年を連れたなんでも屋といえば、その界隈《かいわい》じゃちょっと有名だ。

クロミヤは相変わらずお世話が上手で、苦労症で、健気で、可愛くて、「あきません！」が口癖だけど、前より笑い顔が増えた。

マキトは、「家が賑《にぎ》やかで、俺ももう四人家族か……」と、感慨深げだ。

マキト一人だった幸代家が四人家族になった。

マキトは、今日もいつもと変わらず、群れのてっぺんらしい威風堂々とした立ち居振る舞いで、優しく見守ってくれている。

狭いソファに四人並んで座ってみたり、誰かが誰かにキスしたら、いつでもどこでも、四人でキスリレーが開始されて、お風呂も、ご飯も、仕事も、ただ息をするだけでも、なにもかもすべてが楽しい。

生きていることが楽しい。

愛しい。

愛しくて、愛しくて、もうどうしていいのか分からないほど愛しくて、その愛しいと思う感情すら愛しくて、それを感じると、生きている感じがする。

そりゃ、時には悲しいこともあるし、泣きたくなるようなこともあるし、仕事で四人のうち誰かが怪我《けが》をしたり、誰かが病気になったり、これから先、もしかしたら離ればなれになったり、繋いだ手を放す日がくるかもしれないし、なにもかもすべてがずっと幸せとは限らないけれど、いま、幸せだからそれでいい。

幸せなのだから、その幸せをめいっぱい謳歌《おうか》する。

この幸せが長く永く続くように、生きて、戦って、大事にして、守る。

その為の努力を惜しまない。

だから、きもちいいことも、いっぱいする。

一回目、二回目、三回目……二人より三人、三人より四人……。

どんどん人数が増えていけばいくほど、それだけ愛の形も増えていく。

「クロのおなかがボテ腹になるのはいつかナ」

ショクはクロミヤの腹に耳を当てる。

「もしかしたラ、ショクのほうが先かもしれなイ」

ドーユはショクの腹に耳を当ててみる。

「ドーユさんは……、最近、腰回りの肉づきが変わりました？」

クロミヤはドーユの脇腹を撫でて、小首を傾げる。

「三人まとめていっぺんに兄弟生んだらいいんじゃねぇか？」

マキトは、「こいつら最近三人そろってよく昼寝してるし、食い物の好き嫌いも変わってきたから、もしかしたらかもな……」なんてことをふと考え、近い将来、この四人家族が五人になって、六人になって、七人になって……もしかしたら、八人や九人どころの騒ぎじゃなくなるかもしれないけれど、それはそれで大歓迎だと思っている。

この家の庭で、また、子守唄が聴ける日がくるかもしれないのだ。

それは、とてもとても、幸せな未来の運命だ。

だから、マキトとクロミヤは、可愛い二匹の獣の為に、それを守り続ける。

それこそが、ドーユとショクがくれた運命で、ドーユとショクが掴んだ運命だ。

あとがき

こんにちは、鳥舟です。

今作は、ラルーナ文庫様から刊行中の『竜を娶らば（文庫）』『竜を娶らば余話1　前後篇（電子書籍）』と世界観を同じくする話となります。

以下は本編のネタバレ含みますので、本編読後にお読みになることをおすすめします。

今回は、四人でわちゃわちゃ仲良く、しかも逆異世界トリップもので、可愛いけものたちが大暴れの一冊でした。早速ですが、恒例の登場人物それぞれの小ネタなどを……。

マキト。生まれも育ちも奈良なのに関西弁を喋らない奈良県民。茶粥も好きだが、朝は煙草とコーヒーがあればいい。現在禁煙中。最近、「飲み屋のねぇさんとちゃうんですから、貴金属と食いもんと服と旅行でドーユさんとショクさんの気を引こうとしない」とクロミヤに説教されて、四人で一緒に昼寝するだけでいいのだと言われて目から鱗だった。

クロミヤ。生まれも育ちも大阪で大阪弁の敬語を使いこなす奈良県民。寝起きはめちゃくちゃ悪いが朝ご飯はめちゃめちゃ食べる。後部座席でドーユとショクがごろごろできるように八人乗りのファミリーカーが欲しい。

ドーユとショク。動物の動と植物の植。生まれも育ちも異世界だけど言語の違いによる意思疎通の困難という問題はロクがうまいことやってくれた現在奈良県民。なんだかんだでロクにめちゃくちゃ甘やかされてる。ドーユは朝ご飯をたくさん食べて、ショクはお花の蜜をたっぷり味わう。最近、電子レンジを使えるようになった。

約一年ぶりにアルキヨとロクのことも書けて楽しかったです。あの二人は、長い人生のうちケンカしつつも一緒に成長して、いつもずっと一緒にいるんだろうな〜。

末尾ではありますが、この二匹でのお話を……と仰ってくださった担当様、『竜を娶らば』シリーズではいつも素敵なイラストでお世話になっている逆月酒乱先生、日々、仲良くしてくれる友人たち、この本を手にとり読んでくださった方、ありがとうございます。また、ファンレターやプレゼントを贈ってくださった方、ありがとうございます。ご住所とお名前を添えてくださった方には、時折、お返事を書かせていただいております。

SNSの発展したこの社会で直筆のお手紙を頂戴できる機会に恵まれるのは、本当にありがたいことだと思います。頂戴したお手紙は、色んなことのある日々の支えです。

鳥舟あや

本作品は書き下ろしです。

ラルーナ文庫

この本を読んでのご意見・ご感想・ファンレターなどお待ちしております。〒111-0036 東京都台東区松が谷1-4-6-303 株式会社シーラボ「ラルーナ文庫編集部」気付でお送りください。

ユキシロ一家《いっか》の異界《いかい》の獣《けもの》たち

2018年5月7日　第1刷発行

著　　　者｜鳥舟《とりふね》 あや
装丁・DTP｜萩原 七唱
発　行　人｜曺 仁警
発　行　所｜株式会社 シーラボ
〒111-0036　東京都台東区松が谷 1-4-6-303
電話　03-5830-3474／FAX　03-5830-3574
http://lalunabunko.com
発　　　売｜株式会社 三交社
〒110-0016　東京都台東区台東 4-20-9　大仙柴田ビル 2 階
電話　03-5826-4424／FAX　03-5826-4425
印刷・製本｜中央精版印刷株式会社

ISBN978-4-87919-018-5